자꾸만 눈물이 나

저자와
협의하여
인지 생략

〈나답게 청소년 소설〉
자꾸만 눈물이 나

지은이 | 백승자
펴낸이 | 一庚 장소님
펴낸곳 | 답게

초판 인쇄 | 2019년 7월 15일
초판 발행 | 2019년 7월 20일

등 록 | 1990년 2월 2일, 제 21-140호
주 소 | 04994 서울시 광진구 면목로 29(2층)
전 화 | (편집) 02)469-0464, 02)462-0464
         (영업) 02)463-0464, 02)498-0464
팩 스 | 02)498-0463

홈페이지 | www.dapgae.co.kr
e-mail | dapgae@gmail.com, dapgae@korea.com

ISBN 978-89-7574-310-8
ⓒ 2019, 백승자
나답게 · 우리답게 · 책답게

백승자 청소년소설

자꾸만 눈물이 나

도서
출판 답게

문득문득 그리워서

너도 아니고 그도 아니고, 아무것도 아니고 아무것도 아니라는데…
꽃인 듯 눈물인 듯 어쩌면 이야기인 듯 누가 그런 얼굴을 하고,
간다 지나간다 환한 햇빛 속을 손을 흔들며…

'꽃'보다 더 좋은 김춘수 님의 시 '서풍부(西風賦)'의 일부다.

너도 분명 좋아할 거라며, 이 시를 먼저 읽어주고 시집을 건네주신 선생님이 있었다.

40년이 훨씬 더 지난 일이건만, 그 순간의 소중한 느낌은 일시정지 화면을 캡처해 둔 것처럼 고스란하다.

사람 사이의 일이란 때로 이렇게 깊고 오래 남거늘.

이번 긴 이야기를 쓰는 동안 내내 앓았다.

원고를 핑계 삼아 휴식형 템플스테이를 몇 차례 다녀왔다.

창호지 문틈으로, 두 손바닥을 단전에 딱 붙이고서 짙은 새벽안개 속 절 마당을 하염없이 걷던 내 아들 또래 청년을 오래 지켜본 날이 있었다.

청년의 시름과 결기를 짐작하자니 와락 눈물겨웠다.

잔잔하게 하루를 살고, 일몰 무렵 솔숲에 깃들던 저녁 기운은

전생의 어느 날인가 싶게 아득하고 적막해서...

두고 온 모두가 그리웠다.

　'...너를 생각하게 하지 않는 것은 이 세상에 없어

　너를 생각하는 것이 나의 일생이었지...

한평생 못 잊을 인연에 대해,

정채봉 님의 이 시구(詩句)다 더 지극한 표현이 있을까.

누구를 생각한다는 것은 그를 위해 기도하는 마음과 한 가지일 터,

인연 닿은 모두가 행복했으면 참 좋겠다.

새봄을 기다리며

백승진

| 차례 |

01

마지막 샹그릴라

드디어 라다크에 이르렀다.

인도 북서쪽 만년설 덮인 히말라야 산맥 아래, 나무 한 그루 없이 붉은 산 능선만 겹겹이 이어지는 풍경은 형용할 수 없을 만큼 경이로웠다. 눈이 시리도록 새파란 하늘 아래 낮게 떠 있는 구름조차 비현실적일 만큼 희고 맑았다.

"아, 태초의 풍광이 이렇지 않았을까...!"

떨어져 나온 달 조각 같은 바위 위에서 두 팔 벌려 심호흡하는 아빠의 표정은 세상을 다 얻은 듯했다. 아니, 자세히 보면 금세 울음이 터질 것 같기도 했다.

델리 공항에서 국내선으로 갈아타고 두 시간이 채 안 걸려 도착한 높고 황량하고 척박한 고원. 이 험준한 오지까지 아빠를 이끈 힘은 무엇이었을까.

누구에게나 모든 것을 내려놓고 쉬고 싶은 연모의 땅이 한 자리씩 있다는데, 아빠한테는 여기가 거기인가 싶었다.

함께 온 우리 일행은 모두 일곱 명으로 단출했다. 아빠와 나 말고 다섯 분은 오지 트래킹을 즐기는 베테랑 여행자들이라고 했다. 그중 남희 누나가 유일한 여성인데 델리행 비행기 옆자리에 앉은 인연으로 나와 먼저 친해졌다.

"고등학생?"

"아뇨. 열다섯 살이에요."

"미안, 어른스러워 보여서 그만. 그럼 나는 몇 살쯤으로 보여?"

여자 나이는 어려 보인다고 할수록 좋아한다는 것쯤은 알고 있다. 하지만 영혼 없는 빈말을 하고 싶지 않아 말머리를 돌려버렸다.

"이거... 프랑스 자수지요?"

"어머나, 자수를 다 알아? 뭐 꿰매느냐고 물어봐 줘도 기특할 텐데."

우리 할머니 자수 솜씨가 빼어났다는 말을 하려다 그만두었다. 그 대신 이야기하면서도 연보라색 자잘한 들꽃 수를 곱게 이어가는 옆얼굴을 한참 바라보았다.

"비행기 좌석 머리 위에서 동전만 하게 쏘는 불빛이 바느질에 최적이라는 건 아는 사람만 알지. 한 땀 한 땀... 이건 바로 인생이야. 수를 놓듯 정성스럽게 메꾸어 가야 하는."

운동선수처럼 짧은 헤어스타일과 투박한 손을 봐서는 섬세한 자수와 어울리지 않는 사람.

하지만 만난 지 한두 시간 만에 자상하고 유쾌하고 씩씩한 성격이 고스란히 드러나는 반전 매력의 누나였다.

우리 일행은 같은 숙소에 묵으면서 낮 시간 스케줄은 자유로웠다. 처음 며칠은 대개 당일 트래킹을 다녀오는데 아빠와 나는 숙소에서 쉬기로 했다. 그야말로 그림 같은 풍경 속에 오롯이 들어앉는 힐링 타임인 셈이다.

"여기서 나흘만 지내고 우리는 따로 이동하는 거야."

"알겠어요. 어디든 다 좋겠지요, 뭐..."

아빠 말에 무작정 순순히 따르기로 했다. 아빠가 오래 꿈꾸던 연모의 땅에 왔으니 말이다.

천천히 가까운 사원에 다녀오고 마을 돌담길을 걷다가 아무 데나 걸터앉아 무연히 하늘을 바라보는 시간은 축복이었다.

식물의 생장 한계를 넘은 고지대, 비조차 내리지 않는 메마른 땅이지만 낮은 곳으로 내려가면 금세 초록의 풀과 나무가 보이는 풍경이 생경스럽고도 반가웠다.

메마른 땅속에서 빨아들일 수 있는 모든 것을 빨아들여 키를 올리는 미루나무 잎새는 햇살을 받아 반짝거리며 흔들렸다.

신기하다. 라다크에서 겨우 이틀째인데 이래도 될까 싶을 만큼 몸과 마음이 평안했다. 어쩌면 아빠나 아들이 똑같이 고산증이 없다고 일행들이 부러워할 만큼.

내게는 해질녘부터 밤까지의 풍경이 가장 감미로웠다.

뙤약볕에 살이 데일 것 같던 한낮이 믿기지 않을 만큼, 저녁에는 찬 기운이 감돌았다.

"고산증 위험합니다. 화장실 갈 때 절대 뛰지 마세요. 천천히 천천히…"

현지 가이드가 신신당부하며 숙소 방마다 비치된 산소 호흡기를 한 번 더 점검했다.

숨쉬기 불편해지면 일단 산소 호흡기를 쓰고, 그래도 안 되면 병원에 가는 게 최선이라고 했다.

우리 숙소에서도 밤사이 두 명의 여행객이 병원으로 실려 갔다고 했다. 고산증에 시달리는 이들은 얼굴이 잿빛으로 변해서 누가 봐도 표가 났다.

그래도 다음날이면 눈 앞에 펼쳐질 자연 풍경에 대한 경외감으로 하룻밤 극한의 고통을 보상받고도 남는다는데 라다크에 와 본 이라면 누구라도 이해할 것 같다.

날마다 가슴 벅찬 일몰 무렵의 풍경을 뭐라 형용할까.

"자, 모두 모이셔요! 오늘 밤, 제가 이 마을 전등을 모두 껐습니다. 그 대신 별빛을 아낌없이 켤 거예요."

숙소 뜰에서 손나팔로 일행을 불러내는 건 역시 남희 누나였다.

온종일 고된 순례 길을 걷고 돌아온 이들도 빛과 어둠이 뒤바뀌는 순간을 보기 위해 약속한 듯 뜰로 나왔다.

이제 넋을 놓을 차례다. 개봉 영화의 첫 장면을 기다리느라 팝콘 먹는 소리조차 내지 못하는 순간과 똑같다.

건너편 겹겹 이어진 능선의 실루엣이 사라지고, 감청색 하늘에서 별들이 토독토독 튀어나온다. 아무도 입을 열지 않지만, 무슨 비밀이든 털어놓을 수 있을 것처럼 마음이 저절로 열리는 순간이다.

드넓은 하늘에 별 밭이 펼쳐졌다. 총총한 별들 사이로 은하수가 하얀 시냇물처럼 흐르는 정경이 펼쳐진다.

"아아, 숨이 막힐 것 같아...!"

담요로 온몸을 둘둘 감고 나온 남희 누나가 앓는 소리를 내자, 일행 아저씨들의 짓궂은 야유가 터졌다.

"에이, 남희 씨! 그러지 맙시다!"

"히말라야를 설악산보다 많이 올랐다는 분이... 연약한 척하는 거 있기, 없기?"

"옴마, 제가 히말라야 오르는데 손 한 번 내밀어 주셨던가요? 감기 기운 있는 꽃띠아가씨를 안타까워하기는커녕..."

비록 우람한 어깨를 타고났지만 알고 보면 연약한 꽃띠라는 남희 누나 말에 한꺼번에 웃음이 터져 나왔다.

"흥, 비웃으시는군요. 그렇담 나에겐 선재밖에 없다!"

남희 누나가 장난치는 일행에게서 떨어진 내 벤치로 옮겨 앉았다. 담요 자락을 펼쳐 내 어깨까지 덮는 바람에 둘이 끌어안은 모양새가 되었다. 아직 덜 마른 머리카락에서 장미샴푸 향이 은근했다.

아빠는 뜰에서 더 비껴난 곳에 호젓하게 자리 잡고 사색에 빠져 보인다.

"가만 보니까... 선재 아빠는 여행 파트너론 좀 재미없겠다. 그치?"

"맞아요..."

"붙박이장처럼 온종일 그 자리, 별말도 안 하고... 다른 아들이라면 심심하다 난리 났을걸!"

"괜찮아요. 우린 원래 각자 혼자서 잘 놀거든요."

"오호라, 스스로 왕따를 즐기신다는?"

모두가 별무리에 취해 우리말에 귀 기울이는 이도 없었지만, 차가운 밤기운 속에 담요를 두르고 나누는 얘기가 재미났다.

"선재도 이 담에 어른 되거든 꼭 다시 오렴. 혼자서, 당차게, 누나처럼!"

"그럴 거예요. 여기 와 보니 꼭 그러고 싶어졌어요."

오지 여행하며 겪은 일이 하도 많아 웬만한 일로는 당황하지 않는다는 남희 누나가 정말 믿음직해 보였다.

"산다는 건 힘든 일투성이지만 때때로 이렇게 행복한 순간이 있어서 견디는 거야."

내 어깨로 남희 누나 등을 단단히 받쳐주며 별빛 아련한 밤하늘을 하염없이 바라보았다.

아침에 깨어나니 머리가 약간 띵했다.
창문을 열자 차고 맑은 공기가 정신을 번쩍 들게 했다. 마당 끝 살구나무 아래 서성이는 아빠 뒷모습이 보였다. 잘 익은 주황색 살구가 주렁주렁 매달려 있었다.
얇은 패딩 점퍼를 챙겨 입고 아빠한테 달려갔다.

그 겨울이 가고 봄은 가고 또 봄은 가고
그 여름날이 가면 세월이 간다…

아빠가 나직하게 노래를 부르고 있었다. '솔베이지의 노래', 뜻 모르고 들었을 때부터 가슴에 애잔하게 깔리던 쓸쓸한 곡이다.
아빠는 한 가지 노래에 꽂히면 몇 날 며칠 그 노래만 흥얼거리는 게 오래된 버릇이었다.

그 겨울이 지나 봄은 가고 또 봄은 가고
그 여름날이 가면 더 세월이 간다 세월이 간다
아! 그러나 그대는 내 님일세 내 님일세
내 정성을 다하여 늘 고대하노라 늘 고대하노라…

아빠는 이 곡을 연주하고 싶어 마흔 살에 첼로를 배우기 시작했을 만큼 솔베이지의 노래에 빠져 있었다.

"기다려. 아빠가 눈물 나게 첼로를 켤 때까지."

하지만 아빠가 약속한 첼로 연주는 보류 중, 오랫동안 아빠의 휴대폰 컬러링은 '솔베이지의 노래'다.

라다크에 온 지 며칠 만에 일행 일곱 명이 여정을 함께 하는 날이다. 아빠와 나는 하루 뒤에 다른 지역으로 떠나야 하니 처음이자 마지막 동행인 셈이다.

20인승 버스라 자리가 넉넉한데도 남희 누나는 굳이 내 옆에 와서 앉았다.

"다들 꽃띠 아가씨 옆에 앉고 싶지요? 하지만 참으셔요. 저도 제가 좋아하는 스타일이 있는지라... 호호호!"

첫날부터 일행 모두와 친구가 되어 스스럼없는 농담을 주고받는 남희 누나의 친화력은 존경스러울 정도다.

"하하, 그건 됐고요. 차마 싫단 말도 못 하는 선재군 입장은 생각 안 하시는지...!"

"크크크, 이하동문!"

종수 형의 말에 일행이 모두 손뼉을 쳤다. 그러거나 말거나, 홍일점 남희 누나는 오로지 나에게만 집중 모드다.

"선재, 숨을 크게 들이쉬어 봐. 세상에서 가장 맑은 바람이니까 어서 쭉쭉 마시래두, 쭉쭉!"

음료수를 권하듯 '쭉쭉' 바람을 먹이려는 누나 말에 버스 안에 웃음이 또 터졌다.

"이건 히말라야와 잔스카르 산맥을 넘어온 바람이니까요! 돈 주고도 살 수 없는, 이 시간 아니면 다시 만나지 못할... 제 말 틀려요?"

"맞습니다, 맞고요."

남희 누나 외침에 가이드가 대답하며 마이크를 잡았다.

"라다크 오신 분, 이 세상 갈만한 여행지 대개 돌아보았다고 해요. 그렇지요? 그래서 가이드해 줄 거 별로 없어요. 모두 너무 잘 알아요. 자기 스타일 여행 잘 즐겨요. 맞지요?"

또박또박 한국말을 하는 인도 가이드 이름은 아진트였다.

깜짝 놀라게 어려운 고사성어를 쓰다가, 가끔 세 살 아이만도 못한 발음으로 본색을 드러내 배꼽을 쥐게 하는 친절하고 재미있는 청년이었다.

"예전에 오신 한국 손님이 제 이름 '아진트'가 어렵다고 '아진'으로 바꾸자고 했어요. 또 다른 분이 '항아리'라고 별명 지었어요. 그러니까 항아리나 아진이나 마음대로 불러도 돼요."

아진트가 크고 불룩한 자기 배를 쓰다듬었다.

"이거 완전 한국 항아리 닮았나요? 복이 가득한 항아리니까 기분 나쁘지 말라고도 했어요. 저 아줌마처럼 예쁜 어느 분이."

아진트가 남희 누나를 가리키자 모두 손뼉을 쳤다.

"노, 노! 아진트, 큰 실수하네. 여기 아줌마 없어. 꽃띠 누나, 따라 해 봐요. 꽃, 띠, 누, 나!"

"꼬끼오 누나? 예쁜 아줌마 닭띠예요?"

"에휴, 뭐래냐…! 내가 말을 말자."

남희 누나가 의자에 푹 꺼져 앉으며 모자로 얼굴을 가렸다. 드센 거 같은데 가끔 부끄럼타는 모습조차 내 눈엔 매력적이다.

우리를 태운 버스가 아슬아슬한 낭떠러지 위를 달려간다. 위는 깎아지른 절벽에 아래는 수천 길 낭떠러지, 정말 감탄사 외에는 말을 잇지 못할 풍경이 끝없이 이어졌다.

잔스카르강과 인더스강이 합쳐지는 지점부터 더 기막힌 절경이었다. 옥빛 맑은 물과 흙탕물이 섞여 묘한 색감을 이루는 두물머리였다.

도저히 사람이 살 수 없을 거라 생각되는 높고 깊은 산골짜기 아래 미루나무가 보이면 거긴 사람이 산다는 증명이라고 했다. 아무 꾸밈없는 자연 그대로의 풍경인데 그 색깔만은 선명하게 대비되었다.

어쩌다 멀리 사람이 보이면 가슴 깊이 우러나는 반가움에 차창을 열고 마구마구 소리를 질렀다. 그쪽에서도 메리야스 한 장 달랑 걸친 서너 살배기 사내아이가 아랫도리를 훤히 드러낸 채 두 손을 흔들어 주었다.

아진트가 다시 마이크를 잡았다.

"다른 나라 여행 다녀온 곳과 여기 풍경과 한 번 비교해 보실까요? 며칠 전 다녀간 팀들은 여기가 좋다, 저기가 더 멋있다, 싸움 났답니다. 싸움도 재밌어요."

"하하하, 그럼 우리 팀도 아진트 머리 쥐 나게 한번 다퉈볼까요?"

수염 기른 아저씨가 가장 먼저 외쳤다.

"장가계! 거기보다 어떤가요?"

"비교 불가!"

"피요르드 협곡!"

"어림없어!"

"알프스? 스위스?"

"됐다그래!"

"그랜드 캐년!"

"개나 줘 버렷!"

"파묵칼레!"

"크로아티아 플리트비체 호수..."

세상 속 아름다운 지명들이 다 불려나왔다가 라다크 천혜의 풍경에 밀려났다.

"라다크와는 비교가 안 되지. 감히 어따 대구!"

마지막으로 남희 누나의 총정리 한방에 웃음이 폭발했다. 아무도 생각지 못한 '어따 대구!'가 대박이었다. 뜻을 몰라 눈만 껌뻑이는 아진트에게 '무엇과 비교해도 이긴다'라는 뜻의 사투리라 일러주니 뒤늦게 웃음 폭발이었다.

그날은 온종일 누가 말을 걸기만 하면 '어따 대구'로 응수했다. 아마도 오래 잊지 못할 추억의 한 장면으로 남을 게 분명했다.

　드디어 일행과 헤어져 아빠가 따로 정한 목적지로 떠나는 날이다.
　아침 식사 후 뜰에서 짜이를 마시는 시간, 풀잎에 맺힌 이슬을 말리
는 아침볕이 눈부셨다.
　친절한 숙소 주인은 잘 익은 살구를 한 바구니 따서 탁자에 올려주
었다. 손짓으로 '먼 길 가면서 먹으라'며 환하게 웃음 지었다.
　세상 아무 근심 없어 뵈는 그 표정 때문에 때 낀 손톱이나 반질반질
닳아빠진 옷소매도 불결하기보다 정겨워 보인다.
　아빠는 멀리 붉은 산 능선에 시선을 둔 채 미동도 하지 않았다.
　"원래 아빠의 여행법이었어요, 이런 게?"
　사흘 동안 사원 두 곳을 다녀왔을 뿐 남은 시간은 완전히 사색이
었다.
　"한 자리 오래 머물러 바라보면 처음에 안 보이던 것들이 차츰 눈에
들어온단다. 그리고 낱낱이 기억이 되지. 꼼짝없이 서 있는 나무 한
그루라도 온종일 지켜보면 햇볕과 바람과 새들과 어우러져 살고 있다
는 걸 실감할 수 있거든."
　"그러게요..."
　누운 채 손을 뻗어 덥수룩한 아빠 턱수염을 만져보았다.
　"에이, 면도해야지요. 오랜만에 인사드릴 거면서."
　내 한 마디에 아빠가 벌떡 일어나 세면장으로 갔다.

그 사이 우리를 태워갈 지프가 도착했다. 새로 만난 가이드 겸 운전기사는 한국말이 서툴렀으나 아진트 만큼 친절했다.

떠나는 아침까지도 아빠는 나에게 어디로 누굴 만나러 간다는 설명을 해 주지 않았다. 이미 다 짐작했으면서 확인하지 않는 내 성격도 평범하진 않은 셈이다.

좁은 침대에 함께 누웠는데 간밤 내내 아빠의 뒤척이는 몸짓에 나도 함께 잠을 설쳤다. 복잡하고 설레는 아빠의 심정이 충분히 전해 왔다.

그래도 이번 여행은 엄마의 선선한 허락 덕분에 시작부터 무난한 출발이었다. 걱정 없는 얼굴로 공항까지 따라와서 웃으며 배웅해 준 엄마가 진정 고마웠다.

생각해 보면, 엄마가 꿈꾸는 아들이 되는 일이 어려울 것도 없다. 내게 손해 나는 일도 결코 아니다.

그야말로 라다크의 황량한 풍경에 내 우울한 생각들이 흩어져 나간 걸까. 아빠를 따라 라다크에 와서 며칠 사이, 내가 확실히 변했다.

미래에 가슴 벅찬 무엇이 기다릴 것 같은 믿음이 생겼다. 출구를 발견한 안도감도 느낀다.

비로소 편안한 숨을 쉬며 허우적거렸던 내 모습을 드라마 재방송을 보듯 반추해 본다.

그게, 그러니까 그게 겨우 2년 전의 일이다.

02

무례한 손님

6학년이 되어서도 내 오후 시간은 늘 남아돌았다.

학교 수업 끝나면 곧장 집으로 오는 6학년 아이가 몇이나 될까. 교문 앞에 즐비하게 늘어선 학원 셔틀버스를 지나쳐 혼자 집으로 가는 내 발걸음이 더디다.

초등학생이 중학교 때 할 공부를 학원에서 미리 배운다는 게 어이없다고 생각하는 애도 나뿐인지 모르겠다. 그동안 누나도 그렇게 해왔고 엄마도 나를 학원에 보내지 못해 안달이니 말이다.

수요일과 목요일은 방과 후부터 밤까지 나 혼자 집에 있는 시간이 가장 긴 날이다.

이제 중학교 2학년으로, 예술 고등학교 진학을 꿈꾸는 혜지 누나가 바이올린과 영어학원에 들러 저녁 늦게 돌아오기 때문이다.

"에구구... 오늘은 또 우리 선재 혼자 어쩌누?"

학원기피증이라는 병명을 지어 붙여준 누나는 그런 중에도 내가 신경이 쓰이는 모양이다.

"혼자 있는 거 정말 괜찮아. 내 취향이라니까!"

내 또래 모두가 열광하는 인터넷 게임에는 흥미가 없고 책 보는 게 취미인 게, 그나마 엄마가 다행으로 여기는 것 중 한 가지다.

책을 보는 시간이 내겐 가장 평화롭다.

자연 생태나 우주과학 책까지 섭렵해 가는 비밀스러운 자만심을 누가 알까.

책 속의 밑줄이나 접힌 부분은 더 세심하게 보면서 아빠의 흔적을 더듬는 것 또한 나만의 책 읽는 재미다.

우리 누나 박혜지. 몸짓도 말씨도 수선스러운 말괄량이 여중생, 그럼에도 불구하고 참 밝고 예쁜 누나다.

엄마한테 물려받은 풍부한 성량 덕분에 성악가를 꿈꾸다가 이젠 작곡가로 진로를 바꾸었다. 그래서 악기를 다양하게 배우는데, 새로 시작하는 것마다 재능을 보여 오히려 걱정이란다.

예술 중학교에 다니다 조기 유학 간 친구를 가장 부러워하는 꿈 많은 소녀가 수학 문제를 앞에 놓고 끙끙대는 모습이 내 눈엔 안타깝다.

"누나, 숙제 안 해 가면 안 돼? 학원 선생님이 그리 무섭나...?"

"야! 숙제를 반도 못 했는데 너랑 노닥거릴 새 없거든."

허둥대는 누나가 딱해 보여서 한 말인데 누나는 내가 같이 놀자는 줄 알았나 보다. 뒤도 안 돌아보고 쏘아붙이는데 좀 억울했다.

"됐어…"

내 속을 금세 알아차린 누나가 한층 누그러진 목소리로 나를 불렀다.

"에휴, 나도 학원 때려치우고 선재처럼 탱탱 놀면 오죽 편할까! 어쩌면 지금 너 하는 짓이 현명할지도 모를 일…"

누나는 부리나케 가방을 챙겨 뛰어나갔다.

"냉장고 둘째 칸에 과일이랑 쥬스… 저녁밥도 꼭 챙겨 먹어! 난 이모 집으로 고고씽이다!"

바이올린 학원이 마침 이모 댁 근처라 자주 들르니까, 이모가 혜지 누나를 반쯤은 먹여 키운다는 말이 맞다.

어릴 적, 엄마가 외국 출장 때면 나는 시골 할머니께 누나는 이모한테 맡기곤 했다.

나는 어딜 가도 순하게 잘 먹고 잘 노는데, 누나는 날이 어두워지면 엄마를 찾느라 울고불고해서 이모 애를 무던히도 태웠다고 했다.

'선재는 일주일 만에 봐도 심드렁만드렁, 이주일 만에 보면 남처럼 데면데면… 그런데 혜지는 백만 년 만에 만난 듯 엄마를 끌어안고 펄펄 뛰는데… 그게 고맙고 예뻤어.'

가끔 엄마를 통해 어릴 적 혜지 누나는 천상 여우였고, 나는 누가 봐도 곰탱이였던 사실을 확인하곤 한다.

걸음마를 시작하면서부터 징징거린 적이 없다고 소문난 나였다. 혼자 누워 뒹굴다 잠들고, 예방주사 맞을 때도 울기는커녕 '끙'하고 힘을 한 번 주면 그만이었다는 엄마 얘기도 과장은 아닐 것이다.

'사내 녀석이 밖에서 뛰놀아야지, 집에만 있으면 못써!'

엄마한테 듣던 잔소리를 이젠 누나한테 듣고 있는 내가 한심하다.

'씻어라, 먹어라, 숙제해라...'

누나의 참견은 거기서 끝이 아니다.

'깨끗이 씻었니, 남기지 않았니, 숙제한 거 줘 봐...'

엄마도 하지 않는 속옷 참견까지 이제 도를 넘은 상황이다.

어째서 친구들과 어울려 놀지 않는지, 엄마 몰래 게임방에 가고 싶지 않은지, 야한 만화책이나 동영상은 본 적 있는지... 민망한 질문도 서슴없이 해댄다.

"제발 그만 좀 해라, 누나..."

나는 공연히 얼굴이 붉어진 채 무조건 고개를 흔든다.

"내 동생이지만... 넌 참 희한한 녀석이야!"

누나가 잠깐 들러 정신을 홀딱 빼놓고 나간 빈집은 더없이 적막하다.

그날은 혜지 누나가 학교에서 직접 학원으로 간 날이었다.

> 오늘 5분 단속 못 나감. 혼자서 잘!

학원가는 셔틀버스 안에서 급히 보냈을 누나의 휴대폰 문자에 웃음이 났다.

'와, 자유다!'

컵라면을 먹어도 되고 누나 침대에서 뒹굴어도 되고, 무엇보다 잔소리가 없는 시간이다.

우선 주방 쪽에 난 문을 활짝 열었다. 뒤뜰에 새잎을 피우는 나무들을 보기 위해서다.

산수유꽃이 노랗게 피어나는 중이었다.

3년 전 초여름 이 아파트를 보러 왔을 때, 첫눈에 아빠 마음을 홀린 건 쉬땅나무라고 했다. 마침 그때 하얗게 꽃을 피운 쉬땅나무는 물론, 모과, 매실, 산수유나무도 탐났다는 것이다.

"아파트 1층이라 답답할 것 같지만, 예쁜 뜰이 딸려 있어. 주방 뒤쪽 문을 열고 계단 네 개만 내려가면 완전히 우리 101호 몫의 정원이라니까!"

아빠의 흥분된 목소리와 표정이 아직도 눈에 선하다.

'첫눈에 반할 만하셨어요. 제 눈에도 사시사철 좋은걸요...'

아빠한테 산수유꽃 사진을 찍어 보내고 싶은 마음이 들었다.

그때였다.

"짜샤, 혼자 있냐?"

아파트 옆 동에 사는 중학생 형이 불쑥 집안으로 들어섰다. 양진태, 작년에 이사 왔는데 엄마가 먼저 그 집과 친해져서 내 마음과 상관없이 형으로 부르라는 사람이다.

"어, 어떻게 우리 집에...?"

길에서 몇 번 마주쳐서 어색하게 아는 체 한 적이 있을 뿐인데 무작정 집으로 찾아오다니 의아했다. 처음 봤을 때부터 괜히 이질감이 느껴졌던 터라 반가울 리도 없었다.

절대로 동의할 수 없지만, 엄마는 늦둥이 진태가 맏이처럼 의젓하다고 칭찬 일색이다.

며칠 전 아침 등굣길에 양진태와 마주친 적이 있었다.

"재수 없는 새끼...!"

뭔가 잘못 들은 줄 알았다. 아니, 내게 한 말이 아닌 줄 알고 주변을 둘러보았다. 양진태는 애매한 웃음을 짓더니 말없이 내 등에 맨 책가방을 끌어내렸다.

'가방을 대신 들어다 주려고 그러나? 어쩌지...'

말도 안 되는 염려는 한순간에 날아갔다.

끌어내린 내 책가방을 멀리 내던지고 아무 일 없던 것처럼 뚜벅뚜벅 앞서 걸어가는 게 아닌가! 만나는 친구들과 신나게 하이파이브를 하면서 말이다.

'그런 인간이었어...'

그게 겨우 며칠 전이었으니 내 눈빛이 곱지 않은 건 당연했다.

"왜? 형이 마실 왔는데... 떫냐?"

진태는 첫마디부터 잔뜩 빈정대며 집 안쪽을 기웃거렸다. 순식간에 불안함이 엄습했다.

뒤뜰로 통하는 바깥문을 열어둔 게 후회스러웠다. 남의 집에 불쑥 들어온 무례함보다 빌미를 제공한 나 자신에게 더 화가 났다.

"너나 나나 시간 남아도는 인생이야. 뭐 좀 재미난 거 없냐?"

눈동자를 희번덕거리며 이 방 저 방 제집처럼 돌아다니는 진태에게 예의라고는 눈곱만큼도 없었다. 등굣길에 마주쳤을 때 웃는 얼굴로 내 종아리를 꺾어 땅바닥에 주저앉게 만들던, 그 순간을 떠올리는 것만으로도 치가 떨리는 인간이니 말이다.

"거참, 뽀송뽀송 잘 말랐다이!"

진태가 팔꿈치로 베란다 건조대의 빨래를 주르륵 흩트려놓았다. 양말과 수건들이 낙엽처럼 떨어지고 하필 혜지 누나의 브래지어가 그 발등에 내려앉았다.

"오홋, 암튼 여자들이란!"

진태가 베이지색 브래지어를 집어 손가락으로 뱅뱅 돌리다 휙 팅겨버렸다.

"왜 이런 걸로 꽁꽁 싸매고 다니지? 편한 게 좋지 않겠냐?"

입가에 불량한 웃음을 흘리면서 두 손으로 제 가슴을 치올리는 시늉에 눈을 질끈 감았다.

"히야, 꼴에 또 위아래 세트로 입나 보네?"

다른 속옷을 잡으려는 양진태에게 참다못해 소리를 질렀다.

"하지 마, 제발!"

불현듯 할머니의 말씀이 떠오른 까닭이다.

'여자 속옷은 남의 눈에 함부로 뵈는 거 아니니라...'

빨래가 끝나면 건조대 안쪽 줄에 속옷을 따로 널고 그 위에 나일론 보자기를 덮는 할머니 때문에 가족들 웃음이 터진 적이 몇 번 있었다.

"어머니, 지금이 어떤 시대인데... 직사광선에 살균하는 걸 오히려 방해하는 거 아니에요?"

엄마가 농담으로 받았지만, 할머니는 시대가 아무리 바뀌어도 우리는 그러지 말자고 몇 번이나 당부했다. 그래서 우리 집은 엄마와 누나 속옷을 안쪽 줄에 따로 너는 정도의 약속이 은밀하게 지켜지고 있었다.

내가 혜지 누나 속옷들을 모아 누나 방 침대에 던지고 문을 닫았다. 마치 누나가 진태란 인간에게 능멸을 당한 것 같이 분했다.

진태는 무엇이 계속 못마땅한지 이마를 찡그린 채 손 닿는 것들을 함부로 밀쳐냈다.

"짜샤, 집구석에만 짱 박혀 있지 말고... 나가지?"

거실 문갑을 발로 차는 바람에 문갑 위 수정 거북이 두 마리가 바닥으로 굴러 떨어졌다.

"젠장! 표정들 보니 졸라 행복하군!"

가족사진을 뒤집어놓더니 엉거주춤 서 있는 내 목덜미를 끌고 뒤뜰 계단을 내려갔다.

"어, 어엇...!"

두 번째 계단에서 밀어버리는 바람에 나는 땅바닥에 그대로 엎어졌다.

"왜 그래... 지난번부터 나한테 왜 그러는 건데..."

소리 내어 울지도 못하고 고개 들어 양진태를 흘겨보았다.

"닥쳐, 짜샤!"

진태는 땅바닥에 댄 내 손등을 지그시 밟고 선 채 침을 두 번이나 뱉었다.

"뭐? 산수유꽃 피면 뒤뜰에서 고기 파티할 테니 오라고? 너한테 형 노릇만 해 주면 세상 고맙겠다고... 엊그제 네 엄마가 신나서 떠들더니만."

뭐가 못마땅한지 산수유 나뭇가지를 마구 흔들었다.

"하지 마! 남의 집에 와서... 예의가 아니잖아!"

"어쭈, 예의? 네가 지금 나한테 충고하냐? 똑바로 살라, 이런 말씀?"

진태가 한쪽 발을 번쩍 드는 걸 보고 얼른 몸을 일으켰다. 무릎과 밟힌 손등이 얼얼했다.

"그, 그게 아니고..."

"짜식, 버벅댈래! 너 말이지, 순진한 척하면서 은근히 남의 속 뒤집는다는 거 알아, 몰라?"

이번에는 담장에 장식품처럼 세워놓은 삽자루로 내 발등을 치려했다.

"하, 하지 마… 제발!"

"호호호, 겁내긴! 죽이진 않아. 절대 다치게 하지도 않아."

삽자루로 내 무릎 뒤를 툭 치는 순간 나는 또 고꾸라질 수밖에 없었다.

"재수 없는 놈… 너 스스로 안 살고 싶게 만들 수는 있지."

그는 무릎 꿇은 자세가 된 나에게 소름 돋는 귓속말을 내뱉었다.

'뭐지, 도대체 이 상황이 뭐지…?'

나는 차가운 땅바닥에 구겨져 앉은 채 눈을 감았다. 손바닥에 닿는 풀의 감촉도 섬칫하고 깊이를 알 수 없는 동굴에 갇힌 것처럼 세상이 아득하게 느껴졌다.

"귓구멍 좀 바싹 대줄래?"

진태가 내 귀를 끌어당기더니 몇 마디 욕설을 쉴 새 없이 퍼부었다.

"으으으…!"

어떻게 이런 일이 다 있을까. 깜깜한 터널 저쪽이 무너져서 탈출구가 막힌 듯한 절망감이 쓰나미로 밀려왔다.

'어떡하지, 어떡하지…'

한 순간 심장이 옥조이는 통증을 이기느라 정신없이 가슴만 쓸어내렸다.

"나에 대해 입 닥쳐!"

아무한테도 말하지 못한 채 나흘이 지났다.

설마 그 일이 다시 일어날 줄은 꿈에도 몰랐다.

'탕! 쾅쾅!'

현관문을 거칠게 발로 차는 소리에 화들짝 몸을 일으켰다. 내다볼 것도 없이 진태다.

'아, 어떡하지...?'

현관문을 등지고 서서 잠시 눈을 감는데 입술이 파르르 떨린다. 문을 열어 주거나 안 열어 주거나 뻔히 당할 것을 알기에 오금이 저려 왔다.

톡톡톡, 탁자 위 휴대폰에서 문자 오는 소리가 난다.

'처박혀 있는 거 다 안다.'

'몇까지 셀까?'

진태가 보낸 까만 늑대 이모티콘에 눈알이 없다. 요즘 인기 있는 웹툰에서 소름 끼치는 주인공 캐릭터였다.

순간 몸이 사시나무처럼 떨려왔다. 얼른 화장실로 들어가 문부터 잠갔다. 거울 속에 나 아닌 다른 얼굴이 나타날 것 같아 마주보기 두려웠다.

'어, 어떡하지...?'

어차피 당할 일, 진작 문을 열어주는 게 나았다는 걸 직감한다. 물을 많이 튕겨 세수를 하고 일부러 물기도 닦지 않은 채 현관문을 열었다.

"날 거부하냐?"

"아, 아니고... 샤워 중이라... 잘 안 들려서..."

숨이 다시 가쁘기 시작했다.

"야비한 놈! 없는 척하려다 양심에 찔리니까... 마빡에 물 좀 묻혔나 본데."

"그, 그게 아니고..."

"아니면 뭔데? 샤워 잘하셨는지 몸뚱아리 샅샅이 검사 한 번 해 주리?"

쿵쿵쿵, 진태가 집안으로 들어오는 몇 걸음이 공룡 발소리만큼이나 크고 두려웠다.

"짜아식, 겁내긴!"

진태가 떨고 있는 내 턱을 한 손으로 치켜들고 심한 욕설을 덧붙였다.

"어이, 쉬땅?"

쉬땅이든 돌멩이든 멸치든, 진태는 내 이름을 그날그날 제멋대로 지어 부른다.

"앞으론 제깍제깍 문 열도록. 확 다 뽀사버리기 전에."

스케줄 다 꿰고 있으니, 나 혼자 있는 시간을 정확히 짚는 것쯤은 일도 아닐 것이다.

얼마 전, 엄마가 집에 있을 때 양진태가 온 적이 있었다. 엄마는 저녁 모임에 가기 위해 중요한 서류를 집에 두고 가려 잠깐 들른 참이었다.

"어머, 진태가 왔네!"

마치 기다린 것처럼 엄마는 소프라노 음성으로 진태를 맞아들였다.

"아, 안녕하세요, 어머니!"

진태는 당황한 표정도 없이 바지 주머니에 넣었던 손을 빼서 모아 잡고 고개를 숙였다. 변성기를 맞아 낮고 굵어진 목소리가 점잖게 들릴 정도로 멀쩡한 자세다.

'속임수 마왕!'

눈을 내리깔고 엄마와 진태가 나누는 얘기를 귀담아들었다.

"어쩌면! 진태는 키가 비 온 뒤 죽순 자라듯 쑥쑥 크는구나. 이젠 '어머니'라고 부를 줄도 아네? 엄마들은 그런 말 좋아하거든. 멋져라!"

"고맙습니다! 선재랑 과제물도 살피고 할 테니 걱정 마시고 일 보세요."

이건 완전히 드라마에 나오는 딸랑딸랑 실장님 흉내다.

"고마워 어쩌지? 그렇잖아도 선재 혼자 있는 시간이라 일부러 들른 거란다. 진태 형 없었음 우리 선재 어쩔 뻔했니?"

엄마는 이웃사촌이 최고라며 엄지손가락을 치켜들었다.

"아니에요. 별 도움 되는 형도 아닌데요, 뭘."

"우리 선재가 겁도 많고 마음도 여리고... 혼자 잘 있겠다고 해도 내 맘이 영 안 놓이거든. 어려서는 형을 낳아 달라고 졸랐거든. 그러니 지금 진태 형이 얼마나 든든하겠니?"

"우와, 형을 낳아달라고 했어요?"

"에이, 엄마는 무슨 그런..."

내가 얼굴을 찡그렸다.

"하하하, 선재야! 동생을 낳아 달랬어야지 형을 어떻게 낳아 달라는거?"

진태가 한쪽 팔로 내 목을 끌어안고 귀여워 죽겠다는 듯 볼을 쓰다듬었다.

"여기 있잖아. 그토록 네가 원하던 형."

겨드랑이 뒤에 닿은 손끝에 은근히 힘이 들어간다. 너무 싫다.

"이따 저녁 시간 맞춰 피자 예약 주문해 놨으니 함께 먹으렴."

"아이쿠, 고맙습니다!"

엄마는 눈 한번 찡긋하고는 아들 대신 진태에게 손을 흔들었다. 진태가 제집처럼 우리 엄마를 문밖까지 배웅하고 현관문을 닫았다.

"휴우!"

나도 모르게 한숨이 나왔다. 내 어깨에 올라가 있는 진태 팔에 그 한숨이 고스란히 전해졌나 보다. 또 거침없는 폭언이 시작되었다.

"너, 참느라 애썼겠다. 주댕이 근질근질했지?"

손바닥을 칼처럼 세워서 뒷목을 한번 후려치는데 정신이 어찔할 정도였다.

"넌 부모 앞에선 갓난쟁이 코스프레하냐? 볼수록 기분 나쁜 짜아식!"

"코스프레? 그게 뭔데…"

"어이구, 재수 없는 놈이 무식하기까지!"

나는 이마에 닿은 진태 주먹을 보느라 눈을 치뜨고 있었다.

"어랍쇼! 꼽냐?"

아니꼽냐는 뜻인가 보다, 이제 그 정도는 다 알아듣는다.

"쩔래? 짱나냐?"

아니꼽냐, 어쩔래, 짜증 나냐… 앞글자 하나 빼고 말하는 게 정말 불량해서 듣기 역겨웠다.

03

오키나와 모자 장수

무르익어 가는 봄이다.

하지만 이렇게 두렵고 아픈 열세 살의 봄을 맞을 줄 미처 몰랐다.

이전에 학교에서 돌아왔을 때는 빈집의 고요함이 싫지 않았다. 간식을 찾아 먹고 샤워를 하고 차가운 거실 바닥에 두 팔 벌리고 누우면 한가롭고 편안했다.

그런데 이젠 집에 있는 오후 시간이 견딜 수 없이 불안하다.

"아들, 시방 뭐 하는 중?"

여간해서 낮 시간에 통화한 적이 없는 엄마의 전화다. 아무에게도 말한 적 없는데 엄마가 내 표정에서 무슨 눈치를 채신 걸까!

"그냥... 책 봐요."

보나 마나 오늘도 늦는다는 용건일 게 뻔하다. 일찍 들어온다는 약속을 한 날도 엄마는 자주 늦었다. 누나도 아빠도 없는 집에서 밤 10시가 넘도록 나 혼자 있던 날도 종종 있었으니까.

"미안! 점심때 만나기로 한 일본 바이어와 저녁 식사 자리로 약속을 바꾸는 바람에..."

"치, 어른들은 무슨 약속이 그래요...?"

겨우 삭이며 뱉은 불만이 겨우 그 정도다.

"선재, 진짜 화났구나? 하지만 엄마가 노는 거 아니잖니."

"알아요."

"옳지! 선재야, 네가 여기 와서 놀다가 엄마랑 함께 퇴근할까? 숙제할 거 있으면 가져오고."

거기부터 은근히 화가 나기 시작했다.

"괜찮다고 했잖아요...?"

"아, 귀찮구나? 그럼 엄마가 진태 형한테 전화해서..."

"안 돼, 죽어도 싫어! 내가 당장 사무실로 가요!"

소리를 지르며 벌떡 일어섰다. 양진태라는 이름만으로도 분노가 차올랐다.

누가 쫓아오기라도 하는 듯, 지하철 아홉 정거장을 지나 내릴 때까지 가슴이 두근거렸다. 엄마의 4층 사무실까지 성큼성큼 걸어 올라가 초인종 대신 비밀번호를 눌렀다.

"어머, 빨리도 왔네?"

내가 화난 줄도 숨찬 줄도 모르는 엄마는 웃으며 다가오다 진동하는 휴대폰을 급히 들었다.

"하이, 하이, 하이!"

일본 바이어의 전화인 듯했다. 못 알아들을 통화가 길게 이어졌다. 내 귀에는 늦게 배웠다는 엄마의 일본말이 세련되고 능숙했다.

"어쩌나...? 아들과 나가서 근사하게 외식하려 했는데, 저녁 먹으러 나갈 틈이 안 나네."

엄마 표정이 정말 난감해 보였다.

"배달시켜 먹음 되죠."

나도 그 정도 배려는 할 줄 안다. 직함은 사장인데 직원들은 정시에 퇴근시키고 야간 업무를 혼자 도맡아 하는 엄마가 눈앞에 있는데 불만을 내보일 수가 없었다.

내가 보기에도 세상 느긋한 아빠는 너무 바지런한 엄마를 이해하지 못하는 듯했다.

"여보, 업무상 통역이 필요하면 통역 담당 직원을 뽑아야지, 어떻게 모든 일을 당신이 하려 하는 거요? 큰 실수라도 하면 어쩌려고..."

엄마는 아빠가 엄마를 걱정하는 게 아니라 외국어 실력을 평가 절하했다며 서운해했다.

유창한 일본어로 긴 통화를 마친 엄마가 또 다른 전화를 받고... 결국 배달 온 피자가 다 식을 때까지 한 조각을 편히 먹지 못했다.

무슨 내용이 원만히 진행되지 않는지 화를 내며 끊은 전화를 엄마가 다시 걸었다.

"여보, 이번 일은 도대체 어떻게 된 거예요?"

출장 가신 아빠 일이 원활하지 못했나 보다. 안부조차 묻지 않고 질책이 이어졌다.

"내가 못 살아! 신용장 내역도 제대로 안 살피고 건성으로 처리하면 어떡해요? 아, 그만합시다. 머리 아파!"

아빠의 느긋한 목소리가 얼핏얼핏 들렸다.

누구와 다투는 게 정말 싫어서, 부당한 일을 당해도 웬만하면 참는다는 아빠다. 손해 보는 게 낫지 싸워 이기고 싶지도 않다는 분, 그게 우리 아빠 성격이었다.

아빠는 친절한 할머니, 너그러운 할아버지와도 안부 인사 외에 거의 소통하지 않는 성격이었다.

'그래도 나에게는 언제나 따뜻하신 아빠...!'

왈칵 눈시울이 뜨거워지면서 멀리 있는 아빠가 보고 싶었다. 아무렇지도 않은 척 지내지만, 마음속 시커먼 벌레 하나 든 것 같은 지금은 더욱 그렇다.

엄마는 일중독인 게 맞다. 내가 곁에 있는 걸 깜빡 잊은 것처럼 한 뼘 높이나 되는 서류를 무릎에 올려놓고 금세 일에 빠져들었다. 말 걸면 방해될 것 같아서 책장에서 책 한 권 뽑아 들고 엄마와 가장 먼 자리에 앉았다.

마침 내가 흥미 있는 여행 책, 세계일주 가이드북이었다.

"아하! 이 책이구나...!"

오래전, 엄마 아빠가 세계일주를 떠났다는 그 증거물이다. 몇 달을 손에 들고 다녀서 책 모서리가 닳은 데다 책 속에 붉은 줄과 메모가 많아 흥미로웠다.

나와 누나가 한참 손이 가는 세 살과 다섯 살 때, 직장을 그만 둔 아빠가 혼자 배낭여행을 선언했다고 한다.

"가려면 부부가 함께 떠나거라. 애기들은 내가 안전하게 보살필 테니 아무 걱정 말고서."

이미 말릴 분위기는 아닌 걸 안 할머니가 며느리 등을 떠밀었다는 말을 들었을 때, 할머니 얼굴을 한참 쳐다보았다.

"아범 혼자 가면 쉽게 돌아오지 않을 것 같았거든. 결혼하고 애기가 둘이나 있는 사람이 그러면 어쩌나 싶었던 거지."

그렇게 우여곡절 끝에 엄마와 아빠는 멀고 긴 세계 여행을 떠났단다. 아빠의 고집대로 여행을 마치고 집으로 돌아오는데 거의 반년이 걸렸다.

아빠는 가는 곳 어디에나 한참씩 눌러앉아 거기 방식대로 살아보고 싶어 했고, 엄마는 그 어느 곳에 가더라도 두고 온 집과 아기가 그리웠단다.

집에서는 그토록 말 없는 남편이 낯선 땅에서 처음 보는 여행객들과 잘 어울리는 모습도 뜻밖이었고, 활달한 엄마 성격이 그곳에서는 적응되지 않아 답답했다는 거였다.

혜지 누나는 그때 가끔씩 오던 그림엽서를 기억하고 있었다. 아무리 소소한 거지만, 이모가 몇 번이나 읽어주는 짧은 편지글이 엄마와 아빠가 이 세상 어딘가에서 나를 생각하고 있다는 안정감을 주었다는 아련한 기억과 함께.

할머니 할아버지 또한 손주 둘을 맡아 키우는 게 쉬울 리 없었으리라. 중간에 이모가 혜지 누나를 데려갔다니 충분히 이해된다.

"어머니 덕분에 제가 큰 경험을 했지요. 저나 아범이나 지금이라면 절대로 그렇게 무모한 결정을 못 할 거 같아요."

엄마가 아직도 미안해하는 그 자리에 나도 함께 있어 기억이 난다. 변함없이 따뜻하게 손잡아 주시던 할머니의 온기도 함께.

"그때나 지금이나 아범은 아직도 철이 덜 들었다고... 어멈은 그 말이 하고 싶지?"

"딩동댕! 울 엄니 센스 만점!"

"며늘아가, 그래도 내 부탁 하나만 들어주면 좋겠네. 앞으로도 아범을 좀 너그럽게 봐주면 안 될까. 생활력은 접어두고, 속 깊고 사람 좋은 걸로 가산점을 줘서라도 말이다."

"에구, 어머니를 봐서라도... 그러니까 살고 있지요. 나는 아들이 둘이구나, 하며 다 봐줄 테니 걱정 마셔요."

그 말끝에 마주 보며 웃는 모습이 어쩐지 닮아 보였다. 할머니와 엄마는 정말 좋은 인연이라던 아빠 말이 이해되는 순간이었다.

네 아빠는 결혼 후에도 언제든 혼자서 멀리 떠나려고 기회만 엿보는 사람이었단다…

두 아이를 두고 부부만의 자유여행이라니… 그야말로 꿈조차 꾸기 어려운 기회였지.

화려한 세상 속에도 들어가 보고, 가난한 나라의 시골집 방 한 칸 빌려 원주민과 똑같은 방식으로 한 달쯤 살아보기도 했지.

어디론가 항상 떠나고 싶다던 아빠의 꿈… 그 갈증이 좀 풀렸다 싶은 게 반년이나 걸린 셈이야. 그런데 막상 집에 돌아오니 난감할 뿐이었지.

'이제 뭘 해서 돈을 벌어 우리 가족이 먹고살지?'

현실로 돌아와 정신 차려 보니 뭔가 크게 잘못했다는 생각이 들더구나. 모아둔 목돈은 이미 여행자금으로 뭉텅 빠져나갔고, 그만둔 직장 어디에도 다시 갈 용기가 나지 않았거든.

엄마와 아빠는 서로 멀거니 마주보며 한두 달을 또 허송세월했단다.

그때 마침 일본에 사는 아빠 친구가 한번 다녀가라는 연락이 왔단다. 제주도보다 더 아래쪽의 섬, 오키나와에서 쇼핑몰을 운영하는 분이었지.

아빠는 당연히 태평양 드넓은 바다를 떠올리며 설레었겠지만… 기회를 놓칠 엄마가 아니잖니?

관광객이 많은 오키나와라니, 아빠한테 여행비 정도는 벌어서 쓰게 할 묘안을 냈단다.

도매 시장에서 바닷가에서 어울릴 모자를 한 박스 사다 들려 보내기로 한 거야. 물론 뜻이 잘 맞는 할머니와 상의 끝에 낸 결론이고말고.

"장사는 원래 당신처럼 말 없고 진실해 보이는 사람이 더 잘할 수 있는 거예요. 물론 당신 친구가 불편하지 않게 도와주겠지요?"

아빠는 얼떨결에 모자 한 박스를 받아 들었지. 남 앞에 나서길 가장 불편해하는 아빠가 돈 받고 뭘 팔아야 한다니, 그 심정이 어땠을까?

온 가족의 관심과 걱정 속에 아빠는 부담스러운 여행을 또 떠났단다.

후후, 실은 엄마의 아이디어에 더 좋은 아이디어를 보탠 건 할머니였어.

'남의 돈을 내 호주머니 속으로 들어오게 하는 일이 결코 쉽지 않단다. 단순히 햇빛을 가리는 모자지만 예쁘게 리폼해서 팔면 어떨까?'

우리 모두 믿고 따르는 할머니 의견인데 마다할 까닭이 없지.

엄마는 이틀 동안 꼬박 여자용 모자에 레이스를 두르거나, 값싼 밀짚모자에 화려한 리본을 묶어 바람에 날리는 걸 막을 수 있게 리폼했어. 이전에 할머니께 얻어온 레이스랑 리본이랑 단추나 색색의 실들로 인해 멋진 모자로 재탄생된 거지.

아빠를 오키나와로 보내고 조마조마한 하루가 지났어.

드디어 온 아빠의 전화는 놀라움 그 자체였단다.

'친구가 두 배는 더 비싸게 팔아도 충분할 만큼 당신 리폼 솜씨가 훌륭하다는데…'

관광객이 많이 오가는 쇼핑몰 앞, 친구가 펼쳐준 노란 파라솔 아래서 아빠의 첫 장사는 완전 대박이었던 거야. 아스팔트에 달걀을 내놓으면 익을 것 같다는 오키나와의 뙤약볕과 바닷바람 덕분에 가져간 모자를 한나절 만에 다 팔았지 뭐겠니.

'예쁜 모자 소문에 손님은 몰리는데… 팔 물건이 없어. 서둘러 두 박스만 더 보내줘 봐요.'

장사해서 돈 버는 재미를 처음 안 아빠의 흥분한 전화 목소리는 지금 생각해도 웃음이 나.

엄마가 오키나와로 모자를 급히 또 보냈을까, 안 보냈을까?

보내야지요, 당연히!

흐음, 아니야. 이 엄마가 가끔은 또 멋있잖니…

'그냥 바람 좀 쐬며 며칠 지내다 오세요. 당신, 거리에서 모자나 팔려고 오키나와에 간 거 아니잖아요?'

결국 새로 구입한 모자 두 박스를 아빠가 오키나와를 떠나오던 날 아빠 친구한테 부쳐주었지. 이번엔 시간을 충분히 들여서 더 정성스럽고 기품 있게 리폼을 했고말고.

마침 오키나와에서 연락이 온 거야.

'한나절에 모자를 완판 시킨 아빠보다 엄마의 세련된 안목을 믿는다. 정식 거래처로 계약하고 정기적으로 물품을 공급해 달라.' 이른바 사업상 파트너 제의를 해 온 거지.

모자뿐 아니라, 목걸이, 귀걸이, 반지… 우리나라에서 생산하는 작고 예쁜 악세사리를 구입해 보내달라는 부탁이었단다.

휴, 그때를 떠올리니 다시 가슴이 벅차다. 뭔가 새로운 일을 정식으로 시작한다는 가슴 떨림이 있었거든.

새벽 도매시장에서 부지런히 발품 팔아서 저렴하고 특이한 악세사리를 찾아내는 엄마의 안목이 빛을 내면서, 일본에서 사업으로 성공한 아빠 친구와 공동으로 작은 무역업이 시작된 셈. 이게 지금 엄마의 사업 배경이 되었단다...

퇴근 시간이 한참 지났는데도 사무실 전화와 엄마의 휴대폰이 연달아 울렸다.

구매확인장, 신용장, 세금명세, 담보대출...내 귀에 낯선 용어가 난무하는 통화였다.

엄마와 사무실을 나선 것은 밤 10시가 다 되어서였다.

"아아, 넘넘 고단하다...! 느이 아부지는 오실 때가 되었건만 출장일 끝나고 소수민족 사는 어디더라... 거기 며칠 들러 오신다는구나!"

아침에 투피스를 멋지게 차려입고 서류가방 들고 출근하던 엄마 모습은 어디 가고 없다.

파김치가 다 된 엄마가 아직 엄마 키를 넘지 못한 아들 어깨에 머리를 기댄다.

이 와중에 내 마음속 헝클어진 생각들을 털어놓으면 엄마는 뭐라 하실까.

04

사라진 꿈

우두커니 하늘을 볼 때가 많아졌다.

누구한테든 마구 소리 지르고 싶고 손에 든 물컵을 내던지고 싶은 충동에 시달리곤 한다.

다행히 참아내지만, 밥 잔뜩 먹고 나서 체했을 때처럼 가슴이 답답하다.

"에이씨, 골 때려!"

"끓어, 새꺄! 난 누구한테도 깡다구 까인 적 없거든!"

"누가 입 벌리랬어! 개나발 닥쳐!"

운동화 코로 교묘하게 발뒤꿈치를 차는데 그 통증이 어마어마했다. 입만 딱 벌린 채 소리조차 내지 못하면서 내 안의 울분이 켜켜이 쌓여갔다.

"좋아, 바로 그거! 어디 가서 한 마디라도 지껄였다가는 뒷일 보장 못 한다. 알았어, 새꺄!"

그나마 내성이 생겼는지 몇 차례 행패를 홀로 견디었다.

어쩌다 여기까지 왔을까.

무심코 걷다가 정신을 차렸을 때는 집에서 까마득한 거리의 강가 둑이었다.

'누군가 숨어서 날 보고 있어!'

무작정 집을 향해 달리기 시작했다. 몇 번이나 넘어지면서 강둑을 벗어나니 온몸에 땀이 흥건했다.

'됐어. 이제 가로등도 환하고 저 골목만 돌아서면 우리 아파트가 보일 거야...'

눈감고도 갈 만큼 오래 다닌 길인데, 1층이니 훌쩍 뛰어 들어가면 그만인데... 그러면서도 발걸음이 천근만근 무거운 건 무슨 까닭일까.

외진 길목 끝에 양진태의 실루엣을 눈치챘으나 담담한 척 걸었다.

"휘이익!"

짧은 휘파람 소리와 함께 가운뎃손가락으로 오라고 부르는 것도 못 본 체 돌아섰다.

운동화 끈을 단단히 맸건만 철컥철컥 쇳조각을 달고 다니는 듯 무겁고 소리마저 요란스러웠다.

흰 바탕에 청회색 올리브 잎이 촘촘히 그려진 커튼을 보니 혜지 누나 방이었다. 닫힌 창문 밖으로 커튼 한 자락이 삐져나와 펄럭였다.

'에구, 오나가나 덜렁이 누나! 문단속도 참하게 못 하고서 잠이 든 거야...'

지하철에서 책가방이 낀 채 문이 닫혀서 난리를 치른 일, 체육복이 없어졌다고 집안을 발칵 뒤집었는데 이미 교복 안에 체육복을 뒤퉁스럽게 입고 있던 누나였다.

"누나...?"

누가 엿들을세라 손나팔을 오므려 불렀다.

'앗, 목소리가 안 나온다.'

오싹하는 기운에 주위를 돌아보니 주변에 깔린 안개가 연기인 듯 매캐했다.

"흐흐, 네 발로 들어올래?"

웃고 있지만 가면을 쓴 것처럼 낯설고 섬뜩한 얼굴은 양진태였다.

"으하하하! 모자란 놈, 얼간이, 맹추. 찌질이..."

소스라치게 놀라 깨어났다. 일찍 잠이 든 탓에 긴 꿈을 꾸고 났는데도 시간은 겨우 자정쯤이었다.

'사라져 버리고 싶다...!'

며칠 째 괴로움 속을 헤매고 있다.

나 스스로 어떻게도 안정시킬 수가 없을 땐, 무거운 소파를 밀고 그 뒤 틈새에 들어앉았다. 좁은 공간에 겨우 들어앉으면 누가 꽉 끌어안아주는 것처럼 불안함이 조금 가셨다.

> 깊숙이 들여다보면 어떤 인간이든 저 안쪽에
> 반짝이는 무언가를 갖고 있기 마련이다.
> -무라카미 하루키

어디에 있든 아빠가 아침마다 가족방에 톡톡 문자로 보내주는 좋은
글귀들이 있다. 특히 그날의 문자를 여러 번 읽었다.

'내 안에도 반짝이는 게 있긴 있을까?'

아빠의 긴 부재가 원망스럽다가 따뜻한 메시지 하나에 마음이 슬
며시 가라앉는다. 혼란스러울 때 차를 마시면 안정이 된다는 아빠 말
씀이 문득 떠올랐다. 그 때는 흘려들었지만 이젠 뭐든지 해볼 수밖
에 없다.

지금 가장 닮고 싶은 건 아빠의 평안함이다.

알맞게 따뜻한 차를 머그컵에 담아들고 책상 앞에 앉았다.

'아빠...!'

머리를 쓰다듬거나 어깨를 안았다 놓던 그 손길이 그리웠다. 지금
모든 것이 태풍 전의 고요처럼 내가 불안하다.

모처럼 일찍 퇴근한 엄마는 왕만두 한판으로 간단하게 우리의 저녁
을 때우고 저녁 내내 통화 중이다. 얼핏 진태 고모와의 통화인 걸 알
고 나자 견딜 수 없게 불안해졌다.

"에휴...!"

거실 소파에 깊숙이 앉아 잠시 숨을 가다듬었다. 혹시라도 엄마한테 털어놓을 양진태 이야기가 어떤 파장을 몰고 올지 다시 생각해 볼 문제였다.

'나는 어찌해야 하나...'

두 손바닥을 겹쳐 가슴만 자꾸 쓰다듬으며 불안한 마음을 달랬다.

'몰라! 터질 테면 터지라지.'

마음을 굳히고 통화가 끝나기만을 기다렸다. 그러나 다음 통화는 이모였다. 휴대폰 볼륨을 키운 탓에 이모 목소리가 고스란히 들렸다. 혜지 누나보다 한 살 어린 외동딸을 키우는 이모는 엄마와 소소한 일상까지 주고받는 단짝 자매였다.

그 또래 여자아이들의 심리에 대한 대화가 한참이나 이어졌다.

"미안하지만, 나는 왜 혜지보다 혜지 친구 말이 더 믿어지나 몰라."

엄마는 아무렇지도 않게 그런 말을 했다.

"언니! 그러지 말고 혜지 심리도 좀 살펴줘야겠는걸."

"난 사업이 바빠서 그렇게 좋은 엄마는 못 되고...!"

엄마가 하는 이야기는 어째서 들을수록 서운하고 화가 치밀었다.

'칫, 저런 엄마한테 내 얘기는 하나마나야! 혜지 누나도 안 믿는 엄마가 내 말을 믿겠어? 양진태, 그 인간은 시치미 떼는데 선수고 더구나 나 말고는 증거도 없는데...'

홧김에 벌떡 일어났다. 소파에 놓인 엄마의 화장품 바구니를 슬쩍

밀쳤는데 그 안에서 납작한 화장품 하나가 붕 떠올랐다 툭 떨어졌다. 하필 분첩이 터졌는지 향기 나는 흰 가루가 사방으로 흩어져 날렸다.

"어머, 어머! 얘가 왜 이래?"

황급히 통화를 끝낸 엄마가 주방에서 뛰어나왔다.

"박선재! 너는 속에 무엇이 들었기에 자갈 자루처럼 무겁기만 한 거니? 나도 지친다, 지쳐!"

엄마가 거실 바닥을 닦으며 혼잣말을 뱉었다.

"엄마!"

방에서 뛰어나온 혜지 누나가 드물게 까칠한 목소리를 높였다.

"저녁밥 먹고 나서 두 시간 내내 엄마는 전화 통화만 하신 거 아세요?"

새로 시작한 플룻이 늘지 않아 한층 예민해진 누나였다.

"회사 일로 늦을 때나 오늘처럼 일찍 올 때나... 우리에겐 엄마의 혜택이란 게 없어!"

놀란 엄마 눈이 한껏 커졌다. 엄마 말고 누가 밥 한 번 지은 적 있느냐, 세탁기 한 번 돌린 사람 있느냐, 비싼 레슨비를 누가 대주느냐는 엄마와, 어느 부모는 자식한테 그걸 안 하느냐는 누나와 어이없는 언쟁이 잠깐 붙었다.

내가 집 밖으로 뛰쳐나가고 싶은 걸 참는 동안, 엄마가 울먹이고 혜지 누나가 사과하는 선에서 마침내 사건이 일단락되었다. 정말 둘이 뒤끝 없는 성격인 게 증명된 셈이다.

05

먼 듯 가까운

오랜만에 집안이 안온한 느낌이다.

이제 며칠 아빠가 함께 있는 까닭이다. 중국에서 사업장을 관리하다 한 달에 한두 번 한국에 나올 때마다 아빠는 하교 시간에 맞춰 마중 나와 주었다.

"세상에서 제일 좋은 엄마는 자식이 집에 올 때 맞아주는 엄마라는데... 부모가 맞벌이하는 시대에 태어난 너희에겐 다 옛 얘기가 되었구나."

"할머니는 아빠를 언제나 맞아 주셨어요?"

"물론! 고구마나 옥수수나 찐빵이나, 뭐라도 맛난 간식을 만들어 놓고 반갑게 맞아주셨지."

"그런데... 아빠는 왜 할머니한테 쓸쓸하게 대하세요?"

나도 모르게 퉁퉁거리는 말투가 되었다.

"쓸쓸하게 대한다고... 그런 표현도 있던가?"

사실 할머니의 세심한 배려에 비해 언제나 무뚝뚝한 아빠 때문에 민망한 적이 많았다.

'혜지아범은 빈말을 안 할 뿐, 깊은 생각이 속에 다 들어있는 사람이야...'

할머니는 정다운 말 한마디 건네지 않는 아들을 원망하기는커녕 반말조차 한 적이 없었다. 말 없는 내가 답답하다며, 도대체 속에 뭐가 들어 있느냐고 다그치던 엄마의 깨지는 듯한 목소리와 비교된다. 그게 내가 할머니를 마음 깊이 좋아하는 이유이고, 엄마한테 의지하지 못하는 이유이기도 하다.

며칠 내내 양진태란 인간이 들이닥칠 것 같은 불안감에 시달렸다.

'마음다스리기 명상수첩'을 꺼내 보았다. 아빠가 가르쳐 주실 때 귓등으로 흘려듣던 걸 스스로 찾아본 건 처음이다.

새벽 명상, 알람을 맞추고 이른 아침에 깨어나는 건 어려울 게 없었다. 명상이랄 것도 없이, 눈 감고 벽에 기대앉아 생각이 떠오르는 대로 마음을 맡겼다.

생각 끝에 내린 결론은 아빠였다. 아빠는 내 편이 되어줄 거라는 확신이 들자 눈물이 주르륵 흘러내렸다.

'언제가 좋을까...?'

내 눈길이 아빠의 동선을 따라다녔다.

아빠가 서재로 들어가 앉으셨다. 책상 앞이 아니라 방바닥 낮은 탁자 앞이다. 아빠의 찻자리는 준비부터 정갈하다.

그날 마실 차를 고르고 다기를 데우거나 헹구는 손길이 평화롭다.

"형식이나 격식이라는 게 말이다. 처음엔 낯설고 불편하지만 차차 익숙해지면 곧 즐거운 놀이가 되는 거란다."

뻘쭘하게 서 있는 나에게 아빠가 맞은편 자리에 앉으라고 손짓했다.

"보이차는 할아버지가 만들어 손자가 마신다는 말이 있을 정도로 오랜 연륜을 담고 있지. 선재가 차를 싫어하지 않으니 고맙구나…"

내 속을 아는지 모르는지 아빠는 오직 찻자리에서 차 얘기뿐이다.

아빠는 차에 취했고 나는 힘겨운 이야기 타이밍을 찾느라 머리에 쥐가 날 지경이 되었다.

"아버지… 고백할 게 있어요."

그제야 아빠가 찻잔을 내려놓고 내 눈을 바라보았다.

"아버지?"

나와 혜지 누나 말의 습관을 제대로 알고 있는 아빠다. 버릇없다 싶을 만큼 까불던 혜지가 갑자기 극존칭을 쓸 때는 잔뜩 골이 났을 때다. 그리고 내가 아빠 대신 '아버지'라는 호칭을 쓰면 뭔가 무거운 주제가 있다는 뜻이었다.

"저 오늘까지 새벽 명상을 했어요. 겨우 4일 동안 10분씩 작정한 거였지만."

"오, 그랬어? 잠꾸러기한테는 하루라도 쉽지 않은 일인데?"

"마음먹고 한번 해 봤어요, 예전에 아빠는 100일 명상도 하셨잖아요?"

아빠가 다시 한번 내 표정을 살폈다.

"우리 선재, 힘든 일 있구나...!"

대답 없이 눈길을 창밖 멀리 두었는데 눈물이 핑 돌았다.

"다시 우려 따뜻하다. 어서 마셔."

아빠가 차를 따라 주고 내 무릎에 따뜻한 손을 올렸다.

"마음이 걷잡을 수 없이 불안할 때, 침대와 벽 사이 좁은 틈에 끼어 앉으면 오히려 마음이 안정되었어요."

내친김에 양진태란 인간에 대해 일러바쳤다. 그가 나에게 저지른 행위보다 내 안을 덮치는 불안함과 이상 증세에 대해서도.

찻자리 앞에서 평온하던 아빠 얼굴이 일그러지다가 나를 와락 끌어안아주었다.

"그만, 그만! 다 알아들었다."

'무서워요, 아빠. 어디로든 사라져 버리고 싶어요. 엄마한테는 말할 틈이 없었어요. 말해도 믿어줄 것 같지 않았어요...'

내 참담함과 두려움이 충분히 전해지지 못할까 봐 엉엉 소리까지 내면서 울어버렸다.

"괜찮아, 괜찮아! 아빠가 해결해 줄게!"

그때 현관문이 열리고 혜지 누나가 들어왔다. 눈치 빠른 누나는 분위기 파악을 했는지 손만 살짝 흔들고 방으로 들어갔다. 아빠도 누나에게 고개만 끄덕여주었다.

"차 마시렴. 마음이 가라앉을 거야."

내 감정이 누그러지자 아빠는 아무 일 없던 것처럼 편안한 이야기로 기분을 풀어주었다.

"선재야, 세상 소중한 것들의 이름은 대개 한 음절이라더라. 물, 불, 흙, 뼈, 살, 해, 달, 별, 강, 논, 밭, 산..."

아, 손꼽아 보니 그렇기도 했다.

"눈, 코, 입, 귀, 손, 발... "

생각나는 걸 보태며 새로운 발견이 마냥 신기했다.

"히힛, 불청객이 들어가도 되나요?"

혜지 누나가 열려 있는 방문을 두드렸다.

"아빠, 한 음절의 진짜 소중한 이름이 더 있는데... 빠뜨리셨네요!"

"나?"

"아뇨. 그보다 훨씬 더 소중한 거."

"너?"

"히히, 그보다 훨씬 더 어여쁜!"

손가락으로 제 턱을 가리키는 혜지 누나 표정에 장난기 섞인 웃음이 가득했다.

"딸!"

"응?"

"맞잖아요? 딸보다 예쁘고 소중한 거 세상에 어디 있나...?"

"으음, 아빠는 처음 듣지만... 암튼 그렇구나, 딸!"

고개를 끄덕이는 아빠한테 혜지 누나가 서너 살 아이처럼 와락 달려들었다.

06

썩은 사과

온 가족이 모였으면서 아무도 말을 꺼내지 않고 두 시간쯤 지난 것 같다.

특히 혜지 누나의 침묵은 드문 일이다.

저녁은 즉석밥과 즉석 미역국으로 간단히 해결한 후였다. 거실 탁자에 엄마가 깎아놓은 과일이 아무도 손대지 않은 채 누렇게 변색되어 갔다.

오랜만에 울리는 집 전화를 엄마가 받았다.

"그래, 기다리고 있단다. 일단 와 보렴..."

진태의 전화를 받은 엄마가 이마를 짚고 무너지듯 앉았다.

"직접 와서 해명하겠다는군요. 어쩌면 좋아, 무조건 선재 편만 들 것도 아니고 진태를 야단칠 일도 아니다 싶고..."

"그만 해요, 제발! 자식 일에 어떻게 그래? 선재한테 무심했던 게 미안하지도 않은가?"

아빠의 그렇게 화난 말투는 처음이었다. 엄마는 대꾸도 없이 손등으로 이마를 두드렸다. 골치가 많이 아프다는 신호다.

그 모습을 보자 내 가슴이 벌써 둥둥둥 북 치듯 들뜨기 시작했다.

'여기서 더 진행이 되면 심장이 옥조여 올 테고...'

책을 보는 척 고개를 숙인 채 눈을 감았다. 심장이 터질 것처럼 뛰고 있었다.

"왔네. 나쁜 놈!"

초인종이 울리자 혜지 누나가 이를 악물었다.

나는 조용히 방으로 들어갔다. 엄마한테 한 소리 들을까 봐 문도 소리 나게 닫지 못했다.

진태가 고개를 숙인 채 집안으로 들어섰다. 내 앞에서 건들거리던 모습과는 딴판으로 조심스럽기 그지없는 걸음이었다.

"죄송합니다... 죄송해요."

진태는 거실에 들어서자마자 무릎을 꿇고 앉았다. 목이 많이 쉬었는지 죄송하단 말도 짐작으로 들어야했다.

"어머, 진태야! 뭘 무릎까지 꿇고..."

엄마가 당황하며 일으키려 하자 아빠가 한발 앞으로 나서 엄마를 제지했다.

"양진태라고 했니? 어디 자초지종... 네 얘기 좀 들어보자꾸나."

"친동생처럼 생각했어요. 너무 얌전한 선재를... 좀 더 강하게 만들어 주고 싶은... 욕심 때문에 그만... 엉엉엉!"

진태는 얼굴이 방바닥에 닿도록 엎드리더니 울음부터 터뜨렸다. 나이 많으신 부모님께 얼마나 걱정을 들었을지 뻔했다.

"장난이 지나쳤습니다. 용서해 주세요!"

눈물 콧물이 턱까지 흐르고 있었다.

"기가 막혀! 저건 석고대죄하는 거냐 뭐냐."

팔짱을 끼고 지켜보던 혜지 누나가 혀를 차며 내 방으로 들어왔다. 그리고 맥없이 앉아 있는 내 어깨를 꼭 껴안았다. '나쁜 놈, 정말 나쁜 인간...' 누나는 그 말만 수없이 되뇌었다.

"아이참, 진태야! 뭘 그렇게 울어? 네가 그동안 우리 선재한테 잘해 준 것도 많잖아? 우리가 네 맘 알지. 알고말고!"

엄마가 또 진태 편이 되어 나섰다.

"맞어, 네 말이 맞어. 우리 선재는 정말 소심해서 탈이란다..."

그럴 수 있는 엄마다. 상황도 내 예상대로 어이없게 흘러갔다.

"자자, 그만하렴."

엄마가 진태를 억지로 안아 일으켰다. 그리고 나를 한번 안아 주라고 내 방 쪽으로 진태 등을 떠밀었다. 으으으, 나도 모르게 공포에 질린 비명이 새어 나왔다.

"아참, 엄마는 유치하게 뭐예요!"

이번에도 혜지 누나가 참지 못해 소리쳤다.

"선재가 그러고 싶겠어요? 엄마는 고통받은 아들보다 가해자 맘 풀어주는 게 더 급해요?"

가해자라는 말이 내 가슴에 콕 들어와 박혔다.

"그만 돌아가거라, 어서!"

아빠가 진태 어깨를 우악스럽게 잡고 현관 밖으로 밀어내는 손짓에 분노가 담겨 있었다.

"아이참, 복잡해... 이 일을 어쩌면 좋아!"

엄마는 나와 아빠의 참담하게 일그러진 표정을 눈치채지 못하는 듯했다.

"진태 고모를 통해 들었는데... 자세한 내막까지 말할 순 없지만, 진태한테도 지울 수 없는 상처가 있기 때문에 돌발행동을 하는 것 같대요."

갑자기 출생 비밀이 있는 진태가 가엾다는 둥, 엄마가 사건을 쓸어 담으려 애쓰고 있었다.

"그만, 그만. 지금 우리는 선재 입장만 살핍시다."

"인정 많다는 당신이 어쩌면 그래요? 부모가 두 번이나 바뀐 아이니까 너그럽게 감싸주자는 말은 못 하나요? 상처 없이 곱게 자란 선재가 부러워서, 잠시 객기를 부렸을 거라던가..."

울컥 치미는 화를 참기 위해 나는 침만 꿀꺽 삼켰다. 늘 선량하던 아빠의 표정이 바위처럼 굳어진 게 오히려 두려웠다.

'상처 없이? 곱게 자라?'

내 마음속 말을 누나는 알아듣는 걸까?

"엄마는 누구 편이에요? 선재한테도 어릴 적 트라우마가 있을지도 모른다는 생각은 안 드세요? 한 번도 아니고 몇 번이나 엄마도 우리를 떼어놓았다면서요? 떠올리면 나도 울컥하는 기억들이 많은데... 선재한테는 없을까요?"

누나를 달래는 아빠 눈에 얼핏 비친 눈물을 보았다. 그러나 엄마는 끝내 눈물을 보이지 않고 방으로 들어가셨다.

나도 실신하듯 침대 속으로 몸을 묻었다.

잠결에 아빠의 체취가 느껴졌다.

"아빠..."

아빠의 잠옷 한 귀퉁이를 붙잡고 눈물이 핑 돌았다. 소리도 내지 못하고 우는 나를 아빠가 안아주었다.

"내일 다시 중국으로 떠나는데... 아빠만 믿으렴. 곧 다시 올게."

07

너 없는 곳이면 돼

아빠가 중국에서 본격적으로 사업을 해 보겠노라고 선언했다.

출장 삼아 자주 머물렀던 항주에서 작은 규모의 공장을 인수해 운영하겠다는 것이다.

'물론 지금처럼 저와 함께 일을 나누어 해 주면 좋기야 좋지요. 그동안 출장을 자주 다녀서 중국 교역 업무에 많이 익숙해졌답니다. 혜지아범이 뭔가 해 보겠다고 나선 게 처음이고, 무엇보다 말려도 할 거 같으니 흔쾌히 지원할 생각입니다.'

걱정 많은 할아버지께 엄마가 간략히 브리핑한 내용이다. 사업에서나 집안일에서나 늘 엄마가 대장이고 그 뒤를 태연하게 따르는 것만 같던 아빠로선 좀 획기적인 발상이었다.

"누나, 그럼 좋은 거야? 우리 사업이 중국 대륙까지 뻗어나가는 건가?"

어쩐지 아빠가 우뚝 설 것 같은 내 희망과 달리 혜지 누나는 입술을 씰룩였다.

"좋기만 하겠니?"

"당연히 뭐... 아빠가 모든 걸 어련히 잘하시겠어?"

"박선재, 정신 차려! 그럴수록 우리는 더 외로워지는 거야. 엄마에 이어 아빠까지 사업에 몰두하신다? 그럼 부모님 얼굴조차 보기 힘든 자식들, 그게 우리 남매라고!"

누나 걱정과 달리 나는 아빠의 새로운 결심이 반가웠다. 반대하지 않는 엄마도 고마웠다.

어디든 떠나고 싶은 나대신, 아빠가 나의 우울을 멀리 날려줄 계기가 될지도 모르니까.

엄마와 아빠는 사업 문제로 함께 늦고 집에서도 진지한 이야기 시간이 길었다.

각자 자기 방으로 들어가면 엄마는 거실에서 혼자 앉아 깊은 생각에 잠기는 날이 많았다.

"선재를 중국에 데려가야겠소."

일요일 저녁 온 가족이 둘러앉았을 때, 아빠의 중대발언이었다. 당사자인 나도 결정하지 못한 일이었는데 말이다.

"여보! 다시는 말도 꺼내지 말라고 했잖아요! 당신 설마... 진짜로..."

화들짝 놀라는 엄마 목소리가 많이 떨렸다.

"뭐예요? 밑도 끝도 없이 선재를... 왜요?"

엄마가 다그치는데도 아빠의 목소리는 태연했다.

"나 혼자 가는 것보다 선재랑 함께 가면 나도 마음잡고 당신도 안심이 되는 거 아닌가?"

엄마 아빠의 눈빛이 만만치 않게 부딪치고 있었다.

"스토리가 결국 그렇게 흘러가는 거였는데... 눈치 못 챈 내가 바보군요."

혜지 누나가 말없이 방으로 들어가 버렸다. 짧은 한순간에 엄마나 누나가 나에게 보낸 짧은 눈길 속에도 수많은 물음이 담겨 보였다.

사실, 사과하러 온 그날 이후 진태의 행패는 다시 없었다. 하지만 묻는 말에 겨우 대답이나 할 만큼 실어증에 가까운 내 증세를 아빠가 눈치챈 듯했다.

황당해하는 엄마를 아빠가 지그시 눌러 앉혔다.

"절강성 이우시는 우리나라 읍 소재지 정도, 아니, 그보다 더 낙후된 지역이야. 1층은 공장이지만, 위층은 방이 세 개나 있는 집을 세 얻었거든. 나만 가서 살기에는 넓고, 무엇보다 선재에게 변화가 필요한 시점이니까."

"그렇다고 아무 준비도 없이 선재를 데려다 어쩌려고요? 곧 중학교에 갈 아이를..."

"충분히 할 수 있어! 선재는 원래 나랑 잘 통하잖아? 직원들 성실하고 살림 맡아 해 줄 도우미 아주머니가 있으니 끼니 걱정 없고."

그동안 드나들며 어울려 보니 워낙 순박하고 믿을 만한 사람들이라 그런 생각을 한 거라고 했다. 그리고 부모 사업 따라와 학교에 다니는 외국 아이들이 많은 곳이라고도 했다.

"숫기도 없고 입 짧은 우리 선재를 끼니마다 누가 맞춰 해 먹여요?"

거기서 하마터면 내가 웃을 뻔했다.

"다행히 도우미 아주머니가 연변 사람이라 걱정 없어요. 선재를 맡겨도 될 만큼 믿음이 가는 분이에요. 음식 솜씨도 구수하고..."

"안 돼요! 내 아이를 다시는 남의 손에 맡기지 않을 거라고 얼마나 결심했는데..."

그동안 늘 아빠를 이기는 것 같던 엄마가 이번엔 좀 더 생각해 보자고 애원을 했다.

"선재야, 이젠 끝난 일이야. 엄마는 진태를 믿어. 다신 그럴 애가 아니니까 마음 풀어."

엄마 입에서 '진태'란 이름이 나오자 내가 벌떡 일어섰다.

"아빠 따라갈래요! 꼭 가고 싶어요."

"이건 중요한 문제야. 시골 할아버지 댁 가거나 3박 4일 수련회 가는 게 아니라니까!"

"괜찮아요. 아빠와 함께 가는데 어디든 어때?"

뜻밖의 대답에 엄마는 할 말을 잃은 듯했다.

나도 어디서 그런 용기가 났는지 모르겠다. 다만 아빠에 대한 믿음과 이름만 들어도 소름 끼치는 진태를 벗어나는 길이면 그만이라는 결심이 굳어졌을 뿐이었다.

"아휴, 골치 아파...!"

나름 자기 생각을 정리한 혜지 누나가 엄마를 막아섰다.

"엄마, 그냥 선재가 하고 싶다는 대로 해 줘요. 그게 좋겠어."

어느 아침, 소파 뒤에 웅크리고 앉은 채 울다 잠든 나를 본 뒤부터 누나가 나를 보는 눈빛이 사뭇 달랐다. 그날 누나가 나를 안고 많이 울었으니까.

내가 떠나기 이틀 전부터 엄마는 사무실에 나가지 않으셨다.

너무 큰일을 급히 결정한 탓일까. 내 마음은 좋지도 나쁘지도, 두렵지도 홀가분하지도 않았다. 다만 이곳을 떠난다는 사실만으로도 항상 불안하게 들떠있던 마음을 가라앉히는 효과가 있었다.

내 짐을 싸는 엄마도 한나절 내내 말이 없었다.

"웬만한 건 이미 다 구해 놓았으니 선재 것만 간단히 싸 주구려."

눈치를 살피는 아빠 부탁에도 엄마는 길게 내쉬는 한숨으로 기분을 드러내는 듯했다. 어쨌든 청소년상담소 선생님께 자문을 구한 엄마가 나를 보낼 마음을 굳힌 게 다행이었다.

'선재처럼 표현하지 않고 속으로 참아 온 아이의 상처가 더 깊고 크답니다. 힘드니까 도와달라고 소리 지르고 울었더라면 오히려 해결될 수 있었는데... 아직 많이 불안한 상태일 거예요. 뜻 맞는 아빠와 함께 가는 거라면 환경을 바꾸는 것도 상처 치유의 한 방편이 되겠습니다.'

떠나오기 전, 작별인사 분위기는 돌이키고 싶지 않다.

학교 친구들에게 나는 예고도 없이 떠나는 유학생이 되어 부러움과 질투가 반반이었다. 내가 떠난 뒤에 이상한 소문에 휩싸일지도 모를 일이나 신경 쓰지 않기로 했다.

평소에 나에게 별 신경 쓰지 않는 것 같던 엄마의 만류도 뜻밖이지만, 정다웠던 옥란 할머니의 선선한 허락이 더 놀라웠다.

"낯선 땅에 아범 혼자 가 있는 거 영 못 미더웠는데... 선재가 함께 가니 서운한 중에도 한결 마음 놓이는구나!"

할머니 전화기 너머 목소리에 따뜻한 진심이 느껴졌다. 나에게 넓은 세상 견문을 넓힐 기회가 될 거라는 덕담도 잊지 않으셨다.

떠나는 날, 뜻밖에도 공항까지 배웅 나온 할아버지와 할머니를 만났다. 두 분은 읍내에서 인천공항까지 오는 첫 버스를 탔다고 했다.

"할머니!"

"오냐, 우리 강아지... 아빠 따라서 유학을 다 가네?"

할머니가 야윈 가슴으로 나를 한참이나 끌어안으셨다.

"할아버지... 잘 다녀오겠습니다!"

"그럼그럼! 아직 힘든 공부 안 해도 되니까 유람 왔다고 생각하렴."

처음 만나자마자 고개를 꾸벅 숙였을 뿐 도무지 말이 없는 아빠 때문에 내가 민망했다.

할아버지는 '사람 사는 곳은 다 똑같아. 진심이면 통한다'고 안심부터 시켜 주셨다.

"애비가 제 자식 데리고 간다는데 말릴 수 있어야지. 그 대신, 못 살겠다 싶으면 할애비한테 전화해라. 당장 데리러 가마."

"선재 스트레스 안 받도록 신경 쓸 테니 걱정 마세요. 그런데 저희 얼굴 잠깐 보자고 이렇게 먼 길 오신 건 정말 잘못하셨어요."

그제야 아빠도 할아버지와 할머니 얼굴을 마주 보았다.

"먼 길이라도 꼭 와 보고 싶은 걸 어쩌겠누. 비행기 울렁증 있는 나 같은 사람은 이럴 때나 대리 만족하는 거지. 무엇보다 몸조심하고..."

넓고 쾌적한 공항에 와서 먼 나라로 떠나고 돌아오는 이들의 들뜬 표정만 봐도 사는 맛이 난다는 할머니였다.

"부디 끼니 거르지 말고... 부자지간에 의지 될 테니 한층 마음 놓이네만..."

할머니는 곧 떠날 아들의 자켓 끝자락을 겨우 붙잡고 또 신신당부를 했다. 아빠가 할머니의 야윈 손을 잠깐 잡았다 놓더니 냉정하게 돌아섰다.

"조심해서 내려가세요. 저희 들어가겠습니다!"

"할아버지, 할머니..."

"오냐, 세상 귀한 울애기…"

할머니가 쥐어주신 헝겊주머니를 꼭 안고 돌아서는데 왠지 가슴이 철렁했다.

멀어지는 할머니를 돌아보다 문득 까맣게 잊었던 기억 하나가 떠올랐다.

초등학교 2학년 때 일이다.

여고시절 친구들과 첫 해외여행을 떠나는 할머니를 배웅하러 공항에 온 적이 있었다. 할머니가 극구 말리는데도 할아버지는 나를 데리고 공항까지 따라갔다.

아직도 두 분만 계신 자리에서는 할머니를 '옥란'이라는 이름으로 부르는 할아버지의 애정은 내가 보기에도 지극했다.

그때, 우리 집에서 하루 묵고 공항으로 가실 할머니를 위해 엄마는 자기 여행 때보다 더 신나게 준비물을 챙겨드렸다.

"어머니, 허리에 고무줄 댄 청바지 입고 가실 거지요?"

"그럴까? 며느리 덕분에 늘그막에 청바지를 다 입어보는구나."

할머니는 청바지는 젊은이들이 엉덩이 팽팽하게 당겨 입는 불편한 옷인 줄만 알았다며 쑥스러워하셨다. 밭에서 일할 때의 헐렁하고 낡은 옷 대신, 청바지 위에 연보라색 남방셔츠를 입은 할머니는 놀랍게 젊어보였다.

할머니 수줍은 웃음에 할아버지 입도 벙그러졌다.

"할멈도 차리고 나서니 제법 괜찮네그려..."

"그냥 괜찮은 정도유?"

옥란 할머니가 입을 삐죽 내밀었다.

"더 이뻐서 뭐하게? 바람 불거나 비 올지 모르니 스카프랑 우산이랑 잘 챙기기나 해요. 여권은 꼭 몸에 지니고 다니는 거 명심하고."

할아버지는 요즘 말로 하자면 츤데렐라 스타일이다. 무심한 척 퉁명스러운 척, 그러면서도 영원한 연인 '옥란'에게서 한시도 눈길을 떼지 못했다.

공항에 할머니의 여고시절 친구들이 한 분씩 등장하고 서로가 젊어 보인다며 소녀 같은 웃음을 활짝 터뜨렸다.

"옥란아, 너 멋지다! 십 년은 젊어 보여."

"승희, 넌 원래 멋쟁이잖어? 난 젊어서도 안 입은 청바지를 며늘아기가 억지로 입혔단다."

내 눈에는 다 비슷한 할머니건만, 서로 안 늙었다는 칭찬에 수줍게 얼굴을 붉히기도 했다.

"이제 그만 들어가요. 영감님 별스럽다고 흉보믄 어쩌려고..."

할머니가 할아버지와 내 등을 슬며시 밀었다. 사실 배웅 나온 가족은 나와 할아버지뿐이었으니 그러실 만했다.

"그나저나 나 없이 당신 혼자 집 지키는 건 처음인데... 어쩌지요?"

"내 걱정은 말래도 그러네."

할머니 어깨를 두드리는 할아버지 눈빛이 애틋하다.

"끼니는 꼭 챙겨 드시고요..."

"지금 피난 시절도 아니고... 냉장고만 열면 먹을 게 천지인데 굶긴 왜 굶어?"

할머니는 내 볼에 입을 맞춘 다음, 눈웃음 가득 담은 얼굴로 할아버지를 올려다보았다.

"영감님, 저한테 할 말 없수?"

"허허참...!"

할아버지가 할머니 아래턱을 지그시 문지르고 돌아섰다. 그 직전 나는 할아버지의 믿기지 않는 귓속말을 알아듣고 말았다.

'옥란이 이마에다 뽀뽀라도 한번 해 주고 싶네만... 보는 눈이 많어.'

할머니는 입을 가리며 한참이나 웃으셨다. 그 달콤한 귓속말을 꿈에도 한 적 없는 것처럼 묵묵하게 돌아서는 할아버지 뒤를 쫓으며 어린 내 가슴에 뭔가가 일렁이는 느낌이었다.

인파 속에서 멀어지는 할머니의 뒷모습을 몇 번이나 확인하는 할아버지. 어린 마음에도 나는 두 분의 아름다운 비밀을 말하지 않겠다고 결심했다.

놀라운 반전이 또 생겼다.

공항에서 할머니를 배웅한 할아버지가 시골집으로 떠나신 얼마 후, 할머니가 우리 집으로 불쑥 들어오셨다.

이륙 직전, 갑자기 심장이 욱신거리며 죽을 것 같은 공포가 엄습하자 혼자 비행기에서 내려야 했다는 것이다.

'우리 옥란이 어떡해… 친구들이 울고불고 난리였지. 옛 친구 우정이 실감 나더라니까.'

비행기 타는 건 무리고, 집에 돌아가 편히 쉬면 괜찮겠다는 의료진의 진단으로 할머니는 꿈에도 그리던 첫 해외여행을 포기한 것이다.

"짐가방은 이미 화물칸에 실린 이후인 걸 어쩌겠어? 내 가방에서 친구들 필요한 대로 맘껏 꺼내 입고 쓰라고 했네. 여행복 없는 사람이 그런 기부라도 했으니 다행이지."

"어떡해요, 가여운 우리 엄니…!"

오히려 밝게 웃는 할머니를 끌어안고 엄마가 대신 안타까운 눈물을 흘렸다.

'할머니! 우리 아빠가 무뚝뚝해도 은근히 정다운 할아버지가 옆에 계시니 좋잖아요…?'

문득 떠오른 기억의 한 페이지에 할머니 품이 와락 그리워졌다.

다음번 할머니를 만나면, 그때 할아버지랑 나눈 귓속말을 다 들었노라고 고백할까… 생각만으로도 가슴이 쫄깃해 왔다.

08

새 둥지

"에이, 이게 집이에요?"

정갈한 아파트를 기대한 건 아니지만, 나무 계단으로 오르는 이층 집의 첫인상은 썰렁했다.

"녀석, 뭐가 어때서?"

아빠가 회색 시멘트 바닥에 천정에 전선이 드러난 집 안으로 나를 데려갔다. 어쩐지 공사가 덜 끝난 집처럼 어수선했지만 낯익은 아빠 살림이 보이니 마음이 좀 놓였다.

"건물은 튼튼한 게 우선이야. 눈, 비, 바람을 피할 수 있으니 기본 은 갖추었고, 냉난방까지 잘 되면 끝난 거지."

내 실망스러움을 알아챈 아빠가 짐짓 딴청을 피웠다.

한국에 자주 드나드는 아빠에게 항주 공항에서 멀지 않은 동네라는 게 가장 큰 장점이라는 건 이미 들어 알고 있었다.

"박선재! 이 넓은 대륙에 너와 나 둘이 함께 있는 거야. 잘해 보자고!"

그래도 거실과 방 두 칸은 환하고 깨끗했다. 한쪽 방에는 아빠와 내 침대가 나란히, 옆에는 책상 두 개가 나란히 놓인 공부방이었다.

"앗, 아빠랑 같이 자요?"

"왜, 싫어?"

나는 머리를 저었다.

'하긴, 아빠와 단둘이 낯선 타국에 살면서 따로따로... 그건 아닌 듯해.'

주방 옆 작은 방은 도우미 아주머니 방이었다.

"선재야, 이 집이 불만이면 우리 근사한 호텔에서 호화롭게 지낼까? 사업해서 버는 돈 모두 풍풍 써 버리면서? 생활비 모자라면 엄마한테 손도 벌리고..."

"아이참, 아빠는 왜 그래요?"

그야말로 아재 개그, 이게 아빠의 유모어 수준인 걸 잘 안다.

"화살은 이미 날아갔어. 어쩔 수 없이 우린 이제 한편이고 낯선 모든 것과 친해져야만 해."

"알아요..."

"처음엔 다 불편할 테고 힘들 수도 있어. 하지만 너는 잘 해낼 거라고 믿는다. 오케이?"

"오케이, 대장님!"

나는 군인 아저씨 같은 거수경례로 씩씩하게 대답했다.

'아, 양진태... 그 인간 없는 곳으로 뚝 떼어 데려와 주셔서 고맙습니다...'

아빠와 함께라면 겁날 게 없다는 자신감이 내 안에 불현듯 찾아든 것도 신기했다.

도우미 아주머니는 젊지는 않았지만 몸도 마음도 후덕해 보였다. 길림성 출신으로 우리말을 자유롭게 할 수 있는 분이라니 더 좋았다.

"아, 아니... 저기 아주머니..."

"에구구, 아주머니는 무슨! 기냥 할머니라 부름 된다. 환갑 진갑 지낸 지 까마득한 나이니 너만한 손주가 두서넛은 있을 만한 나이거든. 자식 복이 없어 먼저 보냈다마는..."

아래층 공장 직원과 아빠와 내 밥을 책임질 부지런하고 솜씨 좋고 목소리 우렁우렁 큰 할머니. 공장 직원들이 '마마'라 부른다 하니 나도 이제 길림성의 '길'을 붙여 '길마마'로 부르기로 합의했다.

"오냐, 어디 한번 불러 볼끼가?"

"아, 안녕하세요, 길마마?"

"이름이 선재라 했드나? 옴마야, 근디 무신 머스마가 이래 곱상하게 생겼노?"

길마마는 거친 손으로 나의 얼굴과 목을 쓰다듬었다. 중국 땅에서 경상도인지 평안도인지 드센 사투리가 섞인 우리말을 듣다니 신기하기도 했다.

"뭐 이런 경우가 있을꼬? 사장님 댁 금쪽같은 아들내미 팔목이 묵은 장아찌처럼 배배 말라비틀어져 갖고는... 쯔쯔쯔!"

길마마의 신체검사가 겨우 끝났다.

"됐다! 이제부터 내가 끼니마다 해 주는 뜨신 밥 한 그릇씩 푹푹 퍼먹그래이. 살이고 근육이고 팍팍 키워 주꾸마. 물론 키도 한 뼘은 훌쩍 크겠제?"

내가 몸을 비틀며 아빠를 올려다보았다. 일종의 구조요청이었는데 아빠의 표정은 느긋하고 평안할 뿐이었다.

"여기서는 이유 없이 무조건 적응하거라. 이 건물 안에서는 길림 아주머니가 대장이거든."

아, 맞다. 공장에서 일하는 총각 직원들이 밥투정을 하거나 음식을 지저분하게 남기면 길마마한테 등짝을 펑펑 맞는다는 얘길 들었다. 그래도 식사 시간마다 몸집 커다란 청년들이 목에 두른 수건을 툭툭 털며 들어와서 '마마, 마마!' 부르는 소리가 퍽 정겨웠다.

"오냐, 오냐! 쫌매만 지둘리그레이!"

함경도 강원도 경상도... 몇 가지 사투리가 섞인 것 같은 말투로 배고픈 아들 대하듯 재빠르게 차려내는 길마마의 밥맛은 최고였다. 입 짧은 내가 며칠 만에 체중이 늘었을 정도였다.

그러나 졸립고 입맛 깔깔한 아침 시간은 여기서도 피곤한 전쟁터가 된다.

"저 학교 갈게요!"

학교에 늦을까 봐 후다닥 달려나가다 길마마한테 뒷덜미 잡히기 일쑤였다.

노른자가 알맞게 익은 달걀 한 개와 갓 지은 찰밥은 기본이다. 양념하여 달달 볶은 쇠고기랑 간장 참기름 깨소금 넣어 비빈 밥을 메추리알 만하게 뭉쳐 파래 김 묻혀 입에 쏙쏙 넣어주는데 안 먹을 수 없는 노릇이다.

"어때, 먹을 만 하제? 맛나제?"

학교에 늦어도 아침밥은 꼭 먹여 보내는 게 길마마의 철칙이었다. 사장 아들 끼니를 제대로 못 챙기면 월급값을 못하는 거라는 순수한 분이었다.

"서울 집에선 아침을 통 안 해 먹고살았다고?"

"먹긴 먹었어요."

"누가 밥을 했어? 엄마도 사장님이라 밤늦어 들어와 겨우 눈 좀 붙인담서."

"아침밥 배달해 주는 업체가 있거든요. 신문 배달해 주는 것처럼요."

"옴마야, 그기 뭔 소리라?"

길마마는 새벽마다 하루치 먹을 음식을 배달해 준다는 걸 무척 놀라워했다.

"야야, 말도 안 된다. 집집마다 식구마다 입맛이 제각각인데 그기 무슨 일이고? 더구나 배달 온 음식이믄 식어빠져 어찌 먹누?"

"국도 있고 밥도 있고 반찬도 세 가지쯤은 돼요. 우리 식구 중 가장 먼저 일어난 사람이 현관문 열고 배달 온 아침밥 박스를 들여다 식탁에 놓거든요."

"놀랍고로! 그기그기... 맛이 있더나?"

"아니요!"

나는 늘 싱겁고 미적지근하던 국물이 떠올라 고개를 흔들었다.

"쯧쯧! 내 같으믄 그깟 돈 조금 덜 벌고 내 손으로 내 새끼들 따순 밥부터 먹이갔구마는."

말은 안 해도 길마마 표정이 우리 엄마를 잔뜩 못마땅해하는 것 같았다.

"이제야 이해되누만. 그랬으니 귀한 집 도련님 몸뗑이가 요만하지. 이게이게 어디 열세 살로 보이네? 예닐곱 살배기 몸뗑이나 한 가지지 뭐간?"

이렇듯 인정 많은 아주머니 덕분에 아빠의 중국 생활이 처음부터 살만했다고 했다.

09

걱정인형을 믿어

절강성 이우실험소학교. 내 초등학교 시절을 마무리할 곳이다.

'꿈인가, 생시인가...!'

아침에 눈 뜨면 그런 생각 드는 날들이 며칠째 지나갔다.

"다 괜찮아질 거야."

평소에 자주 하는 말이 기도가 된다는데, 아빠는 괜찮아질 거라는 말을 입에 달고 계셨다.

'아빠는 자식을 너무 몰라. 아니면 과대평가하는 게 분명해. 그러지 않고서야 어떻게 중국말이라곤 인사 몇 마디밖에 못 하는 아들을 데려다 중국의 원주민이 다니는 시골 학교에 보낼 수 있을까.'

앞 뒷일 생각 못 한 채 무작정 아빠의 처분만 믿고 따라온 나도 문제가 있다는 걸 늦게 깨달았다.

"새로운 것과의 만남이란 처음엔 다 불편한 거야. 아빠는 오히려 중국어 못하는 널 받아주는 학교가 있어서 얼마나 고마웠는데...?"

이우학교에선 외국인 학생을 한 반에 한두 명씩 배정하는 관례가 있었다. 세계 각 나라의 무역회사 직원이 많이 거주하니, 그 아이들을 받아들여 각 나라의 문화를 고르게 나누고 배우게 하려는 배려로 보였다.

아빠가 상담하러 갔을 때 그런 방침이 마음에 들어서 나를 데려올 결심을 굳혔다고 했다.

첫날, 아빠는 교무실 담임선생님 앞에 나를 남겨두고 가 버렸다.

"이따 오후에 데리러 올 때까지... 무사히 살아남기!"

선생님이 나를 데리고 교실로 들어선 순간, 왁자지껄하던 교실 안이 찬물을 끼얹은 듯 조용해졌다. 50명쯤 되는 반 아이들 눈길이 일제히 내게로 쏠렸다. 생김새가 크게 다르지 않으니 그나마 다행이었다.

내 어깨를 단단히 잡고 선생님은 소개말을 이어나갔다. 한 마디도 알아들을 수 없었지만 짐작하긴 쉬웠다.

'오늘부터 우리 반에서 함께 공부할 한국인 친구란다. 이름은 박선재. 아빠 사업장을 따라 이곳까지 왔으니 친절하게 대해주고 잘 지내거라.'

환영의 박수가 터졌다. 나는 멋쩍은 웃음을 머금고 오른손만 어깨 높이만큼 올려 흔들었다.

"니하오!(안녕!)"

"찌앤미앤 니 헌 까오씽!(만나서 반가워!)"

나는 바보였다. 반갑게 맞아주는 친구들 앞에서 길마마와 함께 연습한 인사말은 한마디도 하지 못했다.

"어서 와, 친구야!"

"환영해."

그야말로 '여긴 어디? 나는 누구?' 그런 멘붕 상태가 이런 거로구나 싶었다. 나 혼자 외딴섬이 될 것 같은 느낌은 이미 각오한 일이었다.

누구와도 눈 맞춤하지 못한 나는 책가방 지퍼에 매달린 '걱정인형'만 만지작거렸다. 혜지 누나가 '걱정인형' 입속에 돌돌 말아 넣어준 메시지를 꺼내 읽어 보았다.

사랑하는 내 동생 선재!
너에게 닥치는 걱정은 누나가 대신해 줄게.
너를 처음 본 이들에게 네가 원하는 이미지를 심을 좋은 기회!
부디 그곳에서의 나날을 즐기렴.
그리고... 너의 모든 일에 행운을 빌어.

나에게 꽂힌 아이들의 시선을 피하느라 내 눈길은 훨씬 높은 벽 쪽을 향하게 되었다. 그 너머 공장 굴뚝 두 개가 높이 솟은 창밖을 하염없이 내다보았다.

옆 머리카락을 바싹 올려 깎고 정수리가 손오공처럼 주뻣 선 짝꿍이 슬그머니 옆구리를 건드렸다.

"워 찌아오..."

자기 가슴을 가리키며 중얼거리는데, 이름표에 쓴 이름을 알려주는 것 같았다. 선생님의 부탁 때문인지 친절히 대해 주려 애쓰는 모습이 안쓰러울 정도였다.

"도와줄게 뭐든지 부탁해."

안타까운 표정으로 손발을 다 동원해서 소통하려 애쓰는 아이들을 나도 비로소 친근하게 바라보았다. 하지만 자기들끼리 신나서 떠들 때, 내 귀에는 모든 말이 '우당탕퉁탕'으로 들릴 정도로 낯설고 어지러웠다.

'아빠는 이 학교에 나를 맡기며 뭐라고 부탁하셨을까...?'

수업 내용은 못 따라가도 좋다. 자연스럽게 말을 익히고 친구와 즐겁게 어울려 놀게 지켜만 보시라고 했을지 모르겠다.

"니 쭈오 셤머?(뭐하니?)"

"쭈오더 하오바!(잘해 보자!)"

아이들이 예고 없이 다가와 옆구리나 뒷목을 툭툭 치는 게 거슬렸지만, 친근감의 표시로 받아들이면 될 일이었다. 다행히 마주치는 눈빛마다 흔쾌했다. 나는 그저 웃음 띤 얼굴로 고개만 끄덕이면 되었다.

"히히히!"

"호호호!"

웃음만은 아무 이유 없이 통했다. 나를 중심으로 어떻게든 한 팀으로 어울려 주려고 애쓰는 모습이 눈물겹게 고마웠다.

그래도 문득 갈피를 잡을 수 없게 두려움이 몰려올 때가 있었다. 한 마디도 못 알아듣는 수업시간, 반 친구들이 모여 깔깔거릴 때가 그랬다.

누가 등 뒤에 '한국바보'라고 써 붙인 게 아닌가 싶어 화장실 거울에 뒷모습을 비춰본 적도 여러 번이었다.

이우시장 앞을 지나서 가는 등굣길에는 구경거리가 많았다.

큰길 가로수 아래는 이른 아침부터 즉석 만물시장이 펼쳐진다. 녹슨 부속품 몇 가지 쌓아놓고 고장 난 자전거를 고쳐주는 아저씨의 재빠른 손놀림도 볼만했다.

길바닥에 재봉틀을 놓고 옷 수선하는 할머니도 있었다. 그 앞에서 재봉틀 돌리는 솜씨보다 더한 구경거리는 밑단 터진 바지를 벗어 맡기고 팬티 바람으로 벽을 향해 돌아서 있는 아저씨의 뒷모습이었다.

노천 식당도 아침부터 북적거린다. 만두나 국수 등을 간단히 사 먹고 출근하는 문화는 집에서 밥 짓기 귀찮은 우리 엄마가 가장 부러워할 듯했다.

남대문, 덕수궁, 청기와, 홍릉갈비… 그만큼 한국 사람들이 많이 산다는 뜻이리라. 서울 간판과 다를 바 없이 낯익은 가게를 지나 집에 오면 길마마가 화들짝 반겨 맞아주는 것도 기분 좋은 일이었다.

선생님은 외국 학생 중 내 적응 속도가 빠른 편이라고 했다. 하루에 10분씩 반 친구들 앞에서 한국말을 가르치는 시간도 주어졌다.

'안녕하세요?'를 가르친 날은 교실 안이 온통 엉뚱한 한국 인사말로 시끌벅적했다.

나도 일상 언어를 익히느라 하루가 빨리 지나갔다. 무엇보다 혼자서 괴로울 새도 없어졌다.

"어떠냐... 아빠 따라 오길 잘했지?"

"음... 뭐 나쁘지 않아요."

내가 어느 정도 적응하는 것 같으니까, 아빠는 이따금 한국에 가서 하루나 이틀씩 묵어 오셨다. 그래도 내가 못 미더워서 사나흘 걸릴 일을 서둘러 처리하고 왔다고 했다.

'아무리 그래도...'

아빠와 둘이 잠자던 방에서 혼자 잠든 날에는 왠지 불안해서 식은 땀을 흘리며 깨곤 한다는 말을 하지 못했다. 문득문득 혼자 있다고 생각한 순간의 가슴 떨림이 아직 사라진 건 아닌 까닭이다. 그럴 때 은밀하게 외는 주문이 있다.

'양진태, 너란 인간이 없는 곳, 그럼 된 거다.'

10

이맨대기 잘생긴 값

은근히 염려했던 일이 터졌다.

아빠가 한국으로 가신 이틀째 되는 날이었다. 오후에 친구들과 한바탕 공을 차고 돌아와 침대에 누웠는데 몸이 젖은 솜처럼 무거웠다.

길마마가 차려준 저녁밥을 먹는 둥 마는 둥 하고 다시 이불속으로 들어갔다. 그런데 밤이 깊어지면서 두통과 함께 열이 펄펄 났다. 몸이 땅속으로 꺼지는 것처럼 아득해지면서 아빠 얼굴이 떠올랐다.

'다 괜찮을 거야. 아빠는 선재를 믿어.'

그러나 이번엔 괜찮을 것 같지 않은 예감이 들었다.

화장실에 기어가서 쓴 물이 나오도록 토하는 기척에 길마마가 뛰어나왔다.

"한숨 자고 나면 가라앉을 줄 알았더만... 우짜까, 이 일을 내 우짜까!"

길마마는 내 윗도리를 홀랑 벗기고 알콜솜으로 온몸을 닦고 또 닦
았다.

"이거야 원... 이맨대기(이마)가 달군 솥뚜껑맨키로 뜨끈뜨끈하네!"

"길마마! 나... 죽을 거 같아요..."

"쯧쯧쯔, 그기 무신 소리고?"

길마마가 내 목 뒤로 팔을 둘러 등 쪽까지 바람이 통하게 일으켜 안
고 약을 먹여주었다.

"세상에나, 사장님은 꼼꼼하기도 하시지. 글만 읽을 줄 알믄 누구
라도 알아묵게끔 찬찬히도 적어 놓으셨구나...!"

　　몸살 기운 있을 때/가슴이 컹컹 울리는 기침할 때/

　　열이 심하게 오를 때/목 아프고 가래 낄 때/편도선 부었을 때...

한국에서 가져간 약봉지마다 유효기간과 한 번에 먹을 양까지 적어
놓은 걸 보고 길마마가 혀를 내둘렀다.

"해열제 먹었으니 나아질 거다."

"길마마, 나 머리가 터질 것같이 아파! 죽을지도 몰라요..."

나는 불안하게 참고 참았던 울음을 기어이 터뜨렸다. 솔직히 말하
자면 통증보다 아빠가 곁에 없는 설움이 더 컸다.

"알어, 알어. 몸살 때는 원래 산들바람만 스쳐가도 아프다니께. 엄

살 심한 사람은 개미만 지나가도 아픈 법이여."

"아빠는요...?"

"전화한다 한들, 아부지가 이 밤중에 당장 비행기 타고 올 수 있간? 어방(어림) 없다!"

사업상 수습할 일이 생겨 간 분을 오라가라 해야겠느냐는 아줌마 말이 옳긴 옳았다.

"생각하는 게 엽렵해서 애늙은이라 했더만... 아프니까 금세 애기가 되누만."

길마마는 눈물 콧물 범벅된 내 얼굴과 목과 가슴팍까지, 몇 번이나 수건을 빨아서 서늘하도록 닦아주었다. 시간이 얼마나 지났는지 모른다. 어느새 설핏 잠이 들었다.

"너 재우려다 내가 자부럽구나(졸립구나)...!"

지친 기색이 역력하면서도 길마마는 이마에 얹은 물수건을 여러 번 더 갈아 주었다.

'자장가도 아닌... 그게 무슨 노래였을까...!'

흥얼흥얼 노랫가락이 아득한 꿈길까지 따라왔다.

"누워 있자니까 몸땡이가 바닥으로 자꾸 꺼지는 기분이제? 일어나 안겨 보그래이."

나는 하염없이 꺼져드는 몸을 간신히 일으켜 두 팔을 내민 길마마 품에 안겼다. 약에 취해 더 혼곤해지니 온몸이 잦아드는 기분이었다. 어쩌면 어릴 적 할머니 품 같은 푸근함이었다.

그 상태로 또 얼마의 시간이 지났을까.

"에휴, 잘생긴 이맨대기 따슨 기운이 겨우 가셨구나. 자고 깨니 좀 안 낫드나?"

"예..."

"이래도 아부지한테 전화할까니?"

"아뇨..."

"장하게 견뎠다! 아부지 일하러 한국 드가셨는데, 별일 없나 전화 오더래도 별일 없다고 얼레부끼(거짓말)해야 할 판이지... 이 밤중에 자식 죽는 줄 알고 혼비백산해서 비행기 타고 달려오게 만들고 싶은 가 말이다."

"헤헤..."

"그리 웃지 말그래이. 미워하다 정들라!"

길마마가 나간 후, 이불을 머리끝까지 끌어올렸다. 이 설움 저 설움 이 뒤섞여 비로소 하염없이 눈물이 났다.

이우학교에 와서 처음 결석을 했다.

아침나절이 지나서야 정신 차리고 본 휴대폰에는 혜지 누나의 문 자가 여러 개였다.

> 엄마 아빠 정신없이 바쁘심. 타국에 홀로 있는
> 너를 달래고 어르는 건 내 몫.

뭐하는데 바빠? 설마 누나를
잊거나 무시하거나...ㅜㅜ

아빠 며칠 없다고 삐지거나 울거나...
그런 거 아니지? 아니길...

늦은 답장을 써 보냈다. 물론 죽도록 아팠단 얘기는 뺐다.

내 걱정 마셈. 주말에 길마마가
우리반 친구들 불러 간식해 주신담...

오옷, 대박! 친엄니도 안 해 주신 친구
초대라니 부럽부럽...ㅋㅋㅋ

긍께... 길마마 짱!

아, 누나가 망설이다 보낸 마지막 문자에 양진태 얘기가 있었다.

양진태 고모 따라 지방 학교로. 나이 많으신 부모가
돌보기에는 문제가 많았던 듯

미운 건 말할 수 없음. 한편 속시원... 일말의 측은지심 3퍼센트!

상처는 이미 내 몫이지만, 그 인간이 눈에 안 띌 거라는 믿음 하나가 개운했다.

아빠는 예정보다 이틀이나 더 지나 돌아왔다.

아무리 표를 안 내더라도 흔적이 남은 모양이다. 아빠가 죄지은 사람처럼 고개를 숙였다.

"고맙습니다, 아주머니! 아주머니 같은 분 안 계시면 제가 어찌 아이만 두고 한국을 드나들며 일할 수 있겠습니까!"

아빠가 몇 번이나 머리 숙여 인사했다.

"별일 아닙네다. 애들은 크느라고 가끔 열도 나고 그러지요."

아줌마는 손사래질 치며 주방으로 나갔다.

"아빠, 하룻밤 잠깐 열이 올랐던 거예요. 제가 이래봬도 딴딴보이, 통뼈잖아요?"

내가 일부러 씩씩한 체 큰 소리를 내자 주방의 길마마가 내다보며 웃었다.

"옳지, 그렇게 말할 줄도 알아야지. 선재가 제법 이맨대기 잘생긴 값 좀 하는구나야!"

그런데 뭔가 수상하다. 한국에 다녀오신 아빠의 얼굴이 앓고 난 나보다 더 수척했다.

"아빠도 아프셨어요? 며칠 사이 살이 쏙 빠진 것 같아..."

핏줄끼리만 통하는 진한 텔레파시라고나 할까. 이상하게 아빠와는 말 안 해도 통하는 뭔가가 분명 있다.

"할머니가 편찮으시단다..."

아빠의 눈빛이 창밖 멀리 허공에 닿아 있었다.

그동안 말 한마디 친절하게 못한 거, 신경 많이 못 써 드린 거, 마침
내 다른 나라에 와서 살게 된 거... 무엇보다 우리 온 가족의 최고 지
원자인 할머니는 편찮으면 안 되는 분이었다.

그런 할머니를 병원에 입원시켜 놓고 떠나오는 아빠 마음이 어떠
했을까. 삭은 초가지붕처럼 한쪽 어깨가 내려앉은 뒷모습이 그 심정
을 대변해 주었다.

은근히 친구들이 기다려지는 주말 오후다. 설레는 마음을 억누르며
서성이다 공연히 책상 서랍까지 정리했다.

우리 반 애들이 열한 명이나 몰려왔다. 겨우 하루 결석했는데 많이
아프냐, 문병 가도 되겠느냐는 전화를 건 친구가 여섯 명이나 되었다.
마침 전화를 대신 받은 길마마가 내 의견은 묻지도 않고 아이들을 흔
쾌히 초대한 그 마음을 나는 안다.

애들이 들어서자 살림살이도 없어 휑하던 이층 집안이 꽉 찬 교실
같았다.

길마마는 나보다 더 신이 나서 왁자지껄한 아이들과 더불어 재미
난 얘기를 이끌어갔다.

"어서 오렴. 착하구나. 우리 선재랑 잘 놀고 있지?"

'우리 선재'란 말에 콧등이 찡했다.

"오늘 맛난 거 해 줄 테니 실컷 먹고 한참 놀다 가렴."

이제 길마마의 중국말은 대충 짐작으로 알아듣는다. 아이들과 얘기하다 가끔씩 나를 돌아보는 눈빛에서 내용을 짐작하기도 한다.

'나는 든든한 네 편이다. 안심하렴.'

길마마의 눈짓과 손가락을 이용한 재치 있는 통역이 한껏 기를 살려 주었다. 나도 눈을 찡긋 고마움을 표시한다.

"지들끼리 왈왈 떠들면 뭔 말인지 몰라 답답하지? 혹시 네 욕하는가 싶어 궁금해 죽갔지?"

중국말에는 무조건 '쉬(예!)'라고 대답부터 하는 선재가 우스운 길마마는 속히 중국말부터 열심히 배우라고 야단이었다.

"한 달을 살든 일 년을 살든 그 나라의 언어부터 배워야지. 누가 너한테 '네 코 좀 베어가도 되갔니?' 그리 물어봐도 '예!' 하고 대답할까 봐 겁나서 그래."

안타까운 애정은 거기서도 충분히 느껴졌다.

길마마가 주방에서 고소한 냄새를 풍기기 시작했다. 아이들은 이 구석 저 구석 들여다보며 별 살림살이도 없는 집 구경에 신이 났다. 특히 한국 걸그룹 누나들의 아름다운 사진엽서에 완전히 넋이 나갔다.

걸그룹 공연 동영상을 틀어주자 금세 춤판이 벌어졌다. 마주 보고 웃으니 나와 따로 말해 본 적 없는 아이들과도 화합 무드가 조성되었다. 무엇보다 한국에서 가져온 엽서와 지렁이 모양 젤리와 야광 캐릭터 공책을 친구에게 나눠줄 기회가 자연스럽게 찾아온 게 나는 기뻤다.

'선물은 친해지는 지름길이야. 어른도 그렇다던데 아이들이야 더 하겠지?'

떠나올 때 혜지 누나는 학용품을 골고루 한 상자나 싸주었다. 와서 보니 누나가 아껴 모은 스티커도 종류별로 담고 한국의 풍경 엽서도 살뜰하게 챙겨 넣은 것이었다.

아이들이 선물에 빠져있는 사이, 주방에서는 연신 매콤하고 맛있는 냄새가 흘러나왔다. 길마마는 닭강정과 소세지 떡꼬치를 푸짐하게 두 쟁반이나 내주었다.

"소세지와 가래떡 꽂이야! 이름하여 소떡소떡!"

내가 먼저 양념이 듬뿍 밴 꼬치 하나를 빼어먹자 아이들도 다투듯 하나씩 집어 들었다.

"아니, 떡과 소세지를 한꺼번에 먹어야 참맛이란 말야."

고추장 양념을 겁도 없이 핥아먹고는 매워서 어쩔 줄 모르는 친구들 표정이 재미있었다.

"맵단맵단, 누구나 좋아할 맛!"

내 설명에 길마마가 다시 물었다.

"맵단... 그거이 중국말이니, 한국말이니?"

"크크, 한국말이요! 요즘 한국에선 줄여서 말하는 게 유행이거든요."

"맵단... 맵고도 단맛!"

"그래? 몇 가지 가르쳐 줘 보그래이."

"단짠단짠... 단맛과 짠맛이 묘하게 섞였을 때. 낄끼빠빠, 낄 때 끼고 빠질 때 빠져라. 안물안궁, 안 물어봤고 안 궁금해... 그런 식으로요."

"하하하, 우짜까나? 나는 예전에 대구에서 한참 살다 왔는데도 그런 말 도대체 모르갔구나. 한국에 다시 가믄 완전 청맹과니 격이겠는걸."

나와 길마마가 나누는 한국말에 열여섯 명의 아이들 표정이 어리둥절해졌다.

"선재야, 저 봐라. 애들이 한국말을 몬 알아묵으니 우리 눈치 보며 엉뚱하게 웃네. 어째 바보퉁이들 같지 않네?"

"헤헤, 그러니까요!"

나는 아이들 보란 듯 길마마의 팔짱을 끼며 더 크게 웃었다.

후식 과일까지 먹고 난 아이들이 학용품 선물 한 봉지씩 들고 일어섰다.

"학교에서 만나!"

"짜이찌엔!"

나는 길마마와 나란히 집 앞에 서서 아이들 뒷모습이 안 보일 때까지 손을 흔들었다. 문득 나 떠나올 때 공항에서 손 흔들던 할머니 모습이 구름처럼 스쳐갔다.

"우리 선재 멋지다야! 낯선 땅에 와서 어느새 친구들과 어울리는 재주도 용하고."

"여기가 못 살 곳인가요, 뭐. 진심으로 대하면 모두 통하기 마련... 사람 사는 곳은 다 비슷하다고 하잖아요."

"어머머, 우껍구나(우습구나)! 꼬마도령 말속에 알찬 영감님 하나 들어앉았네!"

얼마나 위안이 되었던지, 할아버지가 내게 해 주신 그 말이 참 오래 남았다.

"길마마도 나중에 저랑 같이 한국에 가요."

"뭐하게? 한국 가서 또 식모살이하라고?"

"아니요, 절대 아니에요!"

너무 미안해서 고개를 마구 흔들었다.

"그냥 우리 이모처럼 고모처럼... 우리 집에서 쉬었다 가시면 되잖아요. 쇼핑도 하고 여행도 하고... 누나랑 제가 잘해 드릴게요."

"에구, 고맙구나, 고마워! 우리 선재 이맨대기 잘생긴 값 하고야 말거야. 말만으로도 길마마가 부자 된 거 같네!"

자기 신세가 늘 외롭다던 길마마는 내 선심 한 마디에 한바탕 눈물바람을 했다.

11

옥란 할머니

"선재, 일어나렴. 할머니께 가야 해..."

날이 밝기도 전인데 아빠가 깨우는 목소리가 예사롭지 않게 들렸다.

"할머니한테... 왜요?"

"일단 씻고 나오렴."

눈을 비비다 아빠 표정을 보니 더 물을 수 없었다. 이미 외출복으로 갈아입은 아빠 얼굴에 수심이 가득했다.

항주 공항까지 가는 택시에서도, 거기서 인천공항까지 날아오는 동안에도 아빠는 필요한 말 외에는 입을 떼지 않았다.

"선재도 잠깐 눈 붙이며 가렴."

이건 먼저 눈감기 미안해서 하는 말씀이라 짐작되어 얼른 눈을 감았다.

그 순간 비행기가 활주로에 착륙하는 굉음과 함께 퍼뜩 깨어났다.

읍내 작은 성당에서 올린 할머니의 장례식은 엄숙하고 한편으로 아름다웠다.

"장엄하기도 하지! 저리 간절히 기도해 주시니 천당에 안 갈래야 안 갈 수가 없겠네..."

"하느님 나라에서 영원한 안식을 누리러 가셨구나...!"

할머니 성당 친구분들이 눈물 흘리면서도 담담하고 평안을 유지하려 애쓰는 모습이었다.

"할머니, 우리 할머니 어떡해..."

혜지 누나는 아이처럼 울다가도 휘청거리는 할아버지를 부축하고, 허물어질 것 같은 아빠를 뒤에서 끌어안았다. 뭐가 뭔지, 너무 황망한 일이라 나는 눈물조차 나오지 않았다.

"어떻게 이렇게 가신다니..."

소리 죽여 울던 엄마는 오랜만에 만난 내 손을 꼭 잡은 채 그 자리에 주저앉았다.

...외롭고 힘든 그 길에서

나를 찾고 당신을 찾아

한 송이 꽃이 되어

따스한 햇살 속으로

바람이 불어 꽃씨 날리면
이 세상 온 마음 가득히
향기 가득하네

추도 미사곡이 이어지는 가운데 할머니와 가족들이 마지막 작별 인사를 하는 차례였다.

"크리스티나! 당신은 이제 이 땅을 떠나 하늘나라에 입성하십니다. 그 나라에서 영원한 평화와 안식을 누릴 것입니다…"

이 세상에서의 마지막 고별의식이라는 신부님 말씀에 슬픈 탄식이 터져 나왔다.

내 가슴이 점점 답답했다. 할머니를 크게 한번 외쳐 부르고 싶었고, 차가운 할머니 몸을 힘껏 끌어안아 보고도 싶었다. 그러나 내 몸이 얼음처럼 굳어버려 어떻게도 할 수 없었다.

그냥 마음속으로 '할머니, 할머니, 안녕, 안녕…' 그 말만 자꾸 되뇌었다.

"우리 할머니, 얼마나 고우셨는데… 보고 싶으면 이제 어떡해요…"

가족과 친지들이 차례로 할머니와 마지막 인사를 나누었다.

"편히 쉬구려. 머잖아 따라가리다…"

할아버지의 인사는 오히려 담백했다. 마음속으론 '옥란'이란 고운 이름을 얼마나 애타게 부르실까. 눈물도 보이지 않고 담담한 할아버지 모습에 고모의 속울음이 비어져 나왔다.

두 손을 모은 채 고개 숙이고 서 있던 아빠가 할머니 마지막 모습 앞에서 얼굴을 겨우 들었다. 그리고 눈물범벅이 된 얼굴을 할머니 누운 관 위에 맞대었다.

"죄송합니다, 죄송합니다... 어머니... 엄마!"

이미 눈 감고 귀 닫은 할머니는 아빠의 간절한 흐느낌을 알아들으셨을까.

꿈속 일인 것 같은 며칠이 속절없이 지나갔다.

할머니가 안 계신 할머니의 집에는 온기도 함께 사라졌다. 늦가을 거센 바람이 한바탕 지나간 것처럼 세상이 휑해진 것 같았다. 작은 살림살이 하나라도 할머니 손길 닿지 않은 게 없는 집에 모여 앉은 가족들의 참담함도 이루 말할 수 없었다.

'옥란 할멈'을 입에 달고 살아온 할아버지는 할머니 없는 세상을 어떻게 견디실까. 텅 빈 집에서 누구와 소통할까.

그래도 며칠째 함께 머무르는 자손들 앞에서 할아버지는 좀체 힘든 내색을 비치치 않았다. 하지만 누가 봐도 부쩍 야위고 핏기 없는 모습이 위태로워 보였다.

"아버님... 완전히 허깨비가 되신 것 같아...!"

엄마가 할아버지를 부축해 방으로 모셨다.

"당뇨랑 고혈압이랑, 오래전부터 병치레를 해 온 건 나였는데... 나보다 더 속이 곪아버린 할멈은 표도 안 내고 속병을 키웠나 보다. 내

뒷바라지만 하다가 아까운 시절 다 지내고...”

한 번도 환자 노릇을 한 적 없는 할머니라서 할아버지의 슬픔이 더 깊은 듯했다.

엄마와 고모가 할머니 쓰던 물건을 정리하는 동안 나는 아빠를 따라나섰다. 마을 한 바퀴 돌며 할머니 친구와 이웃 어른들께 인사를 드리는 자리였다.

“자네 어머니 참으로 청간스러운 분이었어...!”

“늙어서까지 그토록 깔끔한 성정이었으니 말해 뭐하누. 젊어서 들어와 두 아이를 처음부터 제 것인 듯 딱 품어 안는 걸 보고 보통사람 아니구나, 다들 그렇게 입을 모았거든.”

“누구나 할 수 있는 일이 아니고말고. 자네는 그 은혜를 잊으면 안 되네.”

이웃 할머니들의 평가가 좋을수록 아빠의 설움이 더해지는 것 같아 불안했다.

“아빠, 그만 집에 가요.”

어렴풋이 짐작하던 일이 자꾸 확인되는 게 싫어서 아빠 팔을 잡아 끌었다.

“으응, 저쪽에 가장 가까운 분이 계시거든.”

옥란 할머니와 단짝이던 그 할머니는 우리 아빠를 보자 울음부터 터뜨렸다.

“죽은 뒤에 공을 알면 뭐하고 제사를 지내면 뭐해. 살아 있을 동안 딸이랑 아들이랑 살갑게 손 한번 잡는 게 소원이었는걸!"

"예전에 잠시 두 손주 맡아 키울 때 내게 그럽디다. 형님, 혜지와 선재한테 아무리 정성을 다해도 녀석들이 아플 땐 제 엄마를 찾아요. 혜지아범이 어릴 적부터 속이 깊어 말은 안 했어도 똑같은 맘이었겠지요?"

"아무렴 제 몸 낳아준 엄마가 떠났다 해도 한평생 잊혀질거나...!"

함께 손잡고 운 날도 많았다는 친척 할머니들의 추억담에 아빠 눈시울이 붉어졌다.

"서럽지, 그럼. 낳지 않은 자식 고이 기른 어머니만 힘들었을까? 아니네, 그 손에 키워지는 자네 또한 온천지 다 그리움으로 도배한 세월이었을 걸 누가 몰라?"

"자네 아버님이 처복이 넘치는 건지 없는 건지 원. 어디 내놔도 빠지지 않을 두 여인네를 끝까지 못 지키시네그려."

옆에 있던 다른 친척 어른이 아빠에게 조용히 다가앉았다.

"누군가는 말해 줘야 한다고 생각했다네. 혹시... 생모 소식 듣는가?"

"아닙니다. 전혀요..."

"모습도 성품도... 원래 속세에서 살 분이 아니었던 듯하네. 어쩌다 자네 아버님과 결혼하고 남매를 낳고도 떠도는 마음을 잡을 수 없던 걸 봐도 말일세. 남은 생을 참회 기도하며 살겠다고 울며 떠난 게 마지막이었으니..."

"뭐 다른 이유나... 저의 아버지와의 문제는 없으셨을까요?"

"모두가 의문이었다네. 허나, 인연 따라 오고 갔다고 밖에는... 무슨 말을 할 수 있겠는가. 내외분이 다 선량하고 아들딸 순탄하게 낳았으니 무슨 걱정이 있을까 싶었는데 말이지. 자네 생모가 떠난 후에, 멀리서나마 자네 남매를 새어머니가 고이 품어 키운다는 소식 듣고 감사편지를 한번 보냈다던가... 아마 그런 일이 있었다지."

아빠는 그 어른의 손을 부여잡고 어쩔 줄 모르는 표정이었다.

"자네가 아버님께도 여쭙지 못하는 마음을 내가 알고말고. 원래 출가 입산을 꿈꾸던 이가 잠깐 속세의 삶을 살았고, 결국은 내 길이 따로 있구나 싶어 다 놓고 떠났다고 이해하는 게 어떻겠나? 인연이란 건 그렇게 오고 간다네. 억지로 잡을 수도 피할 수도 없는 거지."

온 동네에 일가친척이 모여 사는 마을이라 우리 아빠 머리를 쓰다듬고 위로하는 시간이 길었다. 아빠는 마지막으로 인사드린 집 앞의 아름드리 느티나무에 기대서서 한참 동안 하늘만 보았다. 아빠의 턱에서 목까지 흐르는 눈물이 민망해서 옆에 있기 어려웠다.

"좀 쉬었다 오세요, 아빠..."

나 먼저 터벅터벅 골목을 돌아 할아버지 댁으로 걸었다. 누가 뭐래도 내 생각은 오직 옥란 할머니였다.

오래된 세월만큼 구석구석 정겹게 가꾸어진 시골집에서 할머니 손길 닿았던 모든 것들은 이제 어떻게 될까? 가족의 허물을 다 감싸고 위로하던 분, 한 번도 힘든 내색 없이 희생하고도 웃으시던 옥란 할머니...

'다 괜찮아, 울애기. 하다 하다 안 되면 할머니 집에 와서 우리끼리 재미나게 살면 되지 뭘.'

중국으로 떠나는 공항에서 헤어지기 전에 그렇게 말해 주셨다. 내가 가장 외로울 때 마지막 기댈 언덕이 되어 주겠다는 할머니의 약속을 그때는 제대로 알아듣지 못했다.

아, 할머니로 인해 온전히 따사로웠던 우리 가족들의 삶은 이제 어떻게 변해갈지 모르겠다.

생각할수록 모든 것이 혼란스러웠다.

며칠째 맘껏 울 곳이 없어 서성거리다가 비로소 장독대 귀퉁이 한 자리를 찾아냈다. 서쪽 하늘 놀이 질 때면 할머니가 자주 앉던 외진 자리, 평평한 돌의자였다.

그동안 서럽던 모든 기억을 합하여 울어지는 대로 나를 내버려두었다. 할아버지가 일으켜서 방으로 데리고 들어갈 때까지 한참 동안.

방에는 혜지 누나가 힘없이 누워 있었다.

"선재도 고단하지? 이리 와서 쉬어..."

다들 눈치 보느라 내색도 못 한 채 속앓이 하는 모습이 역력했다.

누나는 맥없이 누운 채, 무쇠솥은 뜨거울 때 닦아야 윤이 난다며 펄펄 끓는 가마솥 뚜껑을 젖은 행주로 오래오래 닦던 할머니를 떠올렸다. 베갯모에 고운 꽃수를 놓아서 영감님 꺼, 아범 꺼, 선재 꺼... 줄 세워놓던 모습이 벌써 그립다고도 했다.

"기억나니? 옛날부터 할머니 방에는 예쁜 소품이 너무 많았어. 내가 어른이 되면 할머니 손때 묻은 것들 다 물려준다고 했는데..."

나는 대답하지 않고 눈물 고인 눈을 감아 버렸다.

할머니의 진짜 모습은 이 세상을 떠나실 때 더욱 빛난 듯했다.

몸에 이상한 기운을 알아차렸는지, 할머니는 두어 달 전부터 틈틈이 성당 아우들을 불러 옷장과 수예품 정리를 부탁했다. 값비싼 건 아니어도 일일이 손빨래하고 곱게 손질해 입어온 옷들은 누구라도 탐낼 만큼 말끔했다. 나중에 누군가 가져다 쓰겠지만, 죽은 사람 옷을 입는 것보다 살아서 기쁘게 나누자는 게 할머니 생각이었다.

"그날 옷장이랑 바느질장이랑 다 열어놓았더군요. 공짜 바자회니까 마음껏 골라 보라면서."

"금방 죽을 사람처럼 왜 그러느냐고 농담까지 했다니까요."

"묵은 거 다 내주고 새 옷 사 입고 싶다기에 제발 그러시라고 했지요."

"말귀를 못 알아들은 내 죄를 어쩐담...!"

장례미사를 마치고 모인 자리에서 성당 친구들이 할머니 얘기로 슬픈 이야기꽃을 피웠다.

삼우제가 끝났다.

시골집을 떠나기 전날 밤, 온 가족이 모여 앉았다. 모두 돌아간 뒤 홀로 남을 할아버지 생각에 누군들 마음 무겁지 않을까.

"옥란 할멈... 너에게나 나에게나 더없이 고마운 사람이었지. 먼저 가고 조금 나중에 가고, 누구나 겪을 일이니 너무 애달파할 것 없다. 어서 마음 추스르고 일상으로 돌아가렴."

가장 상처가 컸을 할아버지가 가장 먼저 의연한 태도를 보여 주셨다. 그날 밤 이슥하도록 아무도 자리를 뜨지 않고 할아버지 곁에 옹기종기 모여 앉았다.

할아버지가 들려준 이야기는 더없이 눈물겨웠다.

옥란 할멈 심장이 선천적으로 좋지 않았단다.

오래전 응급 시술 한 번 받은 이후로는 거뜬해져서 마음 놓고 살았지. 우리 혜지와 선재 키우는데도 열정과 정성이 젊은 엄마 못잖았을 거야. 자기 몸으로는 아이를 낳아보지 못 한 사람이 아이를 키운다는 게 결코 쉽지 않은 일이었다는 걸 나도 나중에야 알았단다.

"무슨 뜻인지... 너희도 알아듣지...?"

작년부터 자주 숨이 찬 증세를 보이기에 내가 채근해서 정밀검사를 받게 했지. 그런데 검사 결과 별 이상이 없다는 거야.

비행기를 못 타고 뒤돌아왔을 때 뭔가 조치를 취했어야 했을까?

돌이켜 보니 늘 괜찮다는 할멈 말을 믿은 내가 잘못이었구나...!

너희도 알다시피 사는 일에 온 정성을 다 쏟는 부지런함이 병을 키웠을 게다. 집안 살림이 든 텃밭 농사든 몸 아끼는 법을 모르는 사람이 었어. 오죽하면 지나가는 이들이 우리 텃밭 고랑에 인절미 굴려먹어 도 되겠다며 혀를 차더라니까.

누가 뭐래도 세상 다시는 없을 사람이지.

너희한테 고춧가루 깨소금 넣어 부치는 박스 안에 고운 단풍잎도 몇 장 넣을 때, 늦가을 무렵이면 베란다 화분들에도 나란히 고운 뜨개 옷을 입힐 때… 곁에서 지켜보는 내 인생도 함께 따뜻했단다.

그런데 한번은 할멈이 이상한 걸 묻더라고.

"부모 임종 지키는 자식이 효자라는 옛말… 영감님은 어떻게 생각 하세요?"

"옛말이 맞겠지. 부모가 이승을 떠나는데 마지막 인사를 하는 게 자 식 된 도리잖어?"

"내 임종 때… 혜지아범이랑 은호어멈이랑 그 먼 데서 와 줄까요…?"

내가 선뜻 대답하지 못하는 사이 할멈이 먼저 고개를 절레절레 흔 들었지.

"싫어! 난 조용히 혼자 갈랍니다…"

허허참, 그런 이야기를 나누고 겨우 두어 달 만에 할멈이 떠나고 말 았구나…

마지막 떠나기 전날, 초저녁부터 유난히 숨이 가빠 했어. 원래 웬만 한 통증은 두 눈 딱 감고 입을 꽉 다물고 참는 사람이라 불안하긴 했지.

병원 가기를 워낙 싫어하는 사람이라 고집을 꺾지 못한 게 한스럽다마는…

그날따라 나한테 건넌방 가서 자라고 내쫓는 할멈 때문에 소소하게 다툼이 시작되었지.

"이리 숨이 차는 할멈을 두고 가긴 어딜 가라는 거여?"

"가셔요, 제발…"

"코 고는 게 싫어 그러나? 할멈 잠들 때까지만 옆에 있을 테니 그러지 고집부리지 말어!"

"비켜 줘요, 제발…"

방바닥에서 한 뼘도 못 올리는 손을 애타게 내젓던 모습이 실은 마지막 고통을 참는 거였더구나. 아무래도 못 미더워서 내가 나가는 체 방문을 한번 열었다 닫고서 할멈의 발치께 살그머니 누웠어.

"제발 부탁… 당신 때문에… 신경 쓰여… 잠을 못 자…"

"에구, 성격도 참 별스럽다!"

나는 진짜 화가 나서 방문을 세게 닫고 나와 버렸어. 그리고 건넌방에서 깜빡 잠들었다 두 어 시간 만에 다시 안방으로 갔지.

아, 그럴 수도 있다니! 할멈은 정말 자는 듯 조는 듯 곱게도 떠났더구나…

독한 사람, 무정한 사람! 떠나는 시각을 예감했으면 마지막 작별 인사라도 할 것이지… 그렇게까지 냉정하게 아무도 안 볼 때 혼자 먼 길 가고 싶었단 말인가!

내겐 아직도 꿈속 일 같은데… 이미 책상 서랍에 이걸 넣어두었더구나.

할멈은 나 없는 시간을 틈타서 언제 이렇게 긴 글을 써 내려갔나 몰라...!

내 아들 정운이와 맏딸 정미에게

나이 들어서는 '혜지아범', '은호어멈'라 불렀으니 지금은 이름조차 낯설구나.

오랜 지병으로 이제 떠나갈 날을 예감하면서...

부탁 하나, 내가 기계를 빌어 목숨 연장하는 걸 원치 않았으니 편안히 보내주렴.

나름 애쓰며 살아왔으나, 너희 남매에게 진정 흡족한 엄마는 못 되었으리라.

내가 엄마로서 어땠느냐고 물을 자신은 없고, 너희와 더불어 울고 웃으며 엄마로 지낸 세월이 진정 고맙고 행복했단다.

혼자 남을 아버지... 먼저 떠나는 내가 미안해서 어쩔까.

아무도 없을 때 '옥란'이라 이름 불러주어 슬며시 가슴 설레게 만드는 로맨티스트였다는 비밀 하나 털어놓겠네.

현명한 분이라 자식들 짐 안 되게 힘내서 살아가실 테지. 아버지 너무 외롭지 않게 가끔 전화를 하면 좋아하실 거야.

늙고 나니 이따금 손주들의 전화가 더욱 반갑더라만…

또 하나, 마음 착한 너희는 그래도 두 번째 엄마라고 기일마다 신경이 좀 쓰이리라.

부탁하건데, 내 기일 무렵 편한 날 잡아서 두 집 가족이 가장 좋은 옷을 골라 입고 멋진 식당에 모여 식사를 하면 좋겠네.

물론 어여쁜 내 손주들도 다 함께.

그 자리에서 옥란 엄마 손맛 좋았다고, 때로는 엄마가 친엄마인 듯 정다웠다고…

잠깐 추억해 주면 고맙겠지?

이후 나로 인해 아무 걱정도 마시게.

홀가분하게, 더 맑은 저편 세상에서 내 힘껏 축복해 주리니…

영감님 핏줄 따라 인연 닿은 온 가족,

특히 아기 적부터 내 손이 많이 갔던 혜지와 선재야.

영혼이 있다면 할미가 어떻게든 도와주마.

부디 안녕히.

12

가시 돋다

할머니 안 계신 세상에도 계절은 똑같이 지나간다.

마당에 맨드라미와 치마국화가 늦도록 피고 지더니 이제 끝물인가 보다.

장례식을 치르고 일주일 만에 아빠는 다시 중국으로 떠났다. 황망하게 당한 일이라 온 가족의 충격과 슬픔이 채 가시기도 전이었다.

나는 나대로 무엇을 어찌해야 할지 갈피를 밥을 수 없었다. 며칠 동안의 고민 끝에 나는 한국에 남고 아빠 혼자 떠난 것이다.

조금씩 익숙해지던 중국 생활이었지만, 나는 이제 어느 곳으로도 움직이고 싶지 않았다. 이런 상태로 중국에 가서 다시 아무 일 없던 것처럼 학교에 다닐 용기가 나지 않았다.

애써 쌓은 벽돌이 무너져 버린 것 같은 허망한 기분으로 무엇을 할

수 있을까.

'할머니...'

태어나 처음 겪는 일은 누구에게나 두려움이긴 마찬가지리라. 사랑하는 누군가가 세상에서 사라져 다시는 볼 수도 만질 수도 없게 된다는 사실은 나에게 엄청난 파문을 일으켰다. 더구나 그분이 옥란 할머니라니...!

작별 인사 못 하고 떠나온 내 몫의 인사까지 전하느라고 아빠가 이우학교에 두 번이나 다녀왔다고 했다.

아빠 앞에서 눈물 보인 친구가 두 명 있었다는 게 마음 아프면서도 은근히 행복했다.

내가 다시 못 온다는 소식에 길마마가 많이 울었다는 아빠 말에 나도 왈칵 눈물이 났다.

뭐든 내편을 들어주고 정성을 쏟아주신 분이라 나도 모르게 의지하게 되었는지도 모르겠다.

무조건 벗어나고 싶다는 생각 하나로 떠났던 그곳. 낯선 모든 것에 적응하느라 바빴던 시간들... 돌아보니 길지 않은 시간을 참으로 열심히 살았다는 걸 깨닫는다.

다시 돌아온 내 자리건만 불안과 우울이 다시 고개를 디밀기 시작했다. 불안함이 차올라 공황장애로 발전되는 느낌을 나는 아니까.

다시 학교로 돌아갈 용기도 아직은 부족한 상태를 다행히 엄마가 눈감아 주었다.

"마음껏 쉬렴."

엄마는 그나마 중국에 다시 가지 않은 내가 마음 놓인 듯하다. 출근하는 엄마를 배웅하고 나면 내 세상이었다. 비록 방 안에 틀어박혀 공상 속의 한나절을 보내지만 그 또한 내 나름의 평화였다.

그러나 어쩌다 잠이 들면 덮치는 악몽에 소리 지르며 깨어나기 일쑤였다.

몽유병 환자처럼 일어나 어두운 집안을 서성대다가 온몸이 꽉 끼는 공간을 찾아 들어가 몸을 접고 눕는 게 다였다.

중국으로 떠나기 전, 그 학교 그 교실로 나는 다시 돌아왔다.

아무것도 변한 게 없었다. 나 혼자만 흔들리고 아팠나 보다. 다시 만난 친구들도 엊그제 본 것처럼 대해 주었다. 익숙하고 편안한 분위기 속에 어쩐지 한 뼘쯤은 멀어진 벽이 은근히 느껴졌다.

엄마도 예전처럼 여전히 바쁘고 고단한 나날이다.

이제 본격적인 예술 고등학교 입시 준비를 하는 누나는 자칭 입시 정보의 달인이라는 이모가 뒷바라지를 도맡았다.

"혜지 성공시켜서 우리 딸 삼아야겠다!"

이모는 유쾌하게 누나의 짐을 챙겨가셨다.

변한 사람도 나뿐이고 변해야 할 것도 내 마음뿐이다. 아침마다 학교 가는 길이 가볍지 않다. 어두운 터널 안으로 들어가는 것처럼 막막하다. 눈동자가 허공에 떠 있다는 지적을 하루에 몇 번이나 들었는지 모르겠다. 그나마 가장 가까웠던 용이와 규재도 이제는 형식적인 인사를 건네는 게 다였다.

"박선재! 이따 재욱이 생일 파티에 안 갈 거지?"

"모둠 숙제 같이하는 거... 넌 싫지?"

"우리끼리 모여서 과제 끝내고 네 이름 함께 넣어줄게."

"축구팀 짜는데 선재는 안 할 거라고 내가 대신 말해줬어."

나는 이미 친구들 사이에서 이미 내놓은 존재였다.

'나만 빼고 다들 아무 걱정이 없는 것 같아.'

나는 그런 친구들 뒷모습을 쓸쓸히 바라볼 뿐이었다.

창밖에 노랗게 물드는 은행나무가 보였다.

'가을...?'

계절이 오는지 가는지도 모르고 지냈다는 걸 생각하니 한심했다.

가끔씩 걷잡을 수 없는 불안이 엄습해 온다. 아무 일도 없었는데, 갑자기 가슴이 쿵쾅쿵쾅 뛰면서 눈물이 쏟아질 때도 있다. 믿을 수 없을 만큼 많은 눈물이다.

양진태의 행패 앞에 무력하게 고꾸라졌던 순간을 할머니가 지켜보고 있는 가상현실에 소스라치게 놀라 벌떡 일어섰다.

차가운 오렌지 주스를 꺼내어 벌컥벌컥 마셨다. 손에 든 투명한 유리잔에도 은행잎 색깔처럼 노랗게 주스 자국이 묻어있었다.

'싱크대 쪽으로 던져버릴까! 파편이 파바박 튀는 걸 보면 속이 좀 시원해질까...?'

퍼뜩 떠오른 생각에 머리를 세차게 흔들어 지웠다.

'박선재, 정신 차렷! 너 그럼 정말 미친 거야...'

유리컵을 맑게 닦아 그릇 선반에 엎었다.

며칠 전부터 눈앞의 물건들을 깨버리고 싶은 충동이 들고 또 금세 가라앉힌다. 그래도 돌발을 참는 건 참을성 많은 아빠 성품을 닮은 걸까.

일주일 만에 보는 누나 얼굴이 핼쑥하다.

잠 못 자고 공부했는데도 중간고사 점수를 올리지 못했다고 자책을 했다.

"엄마, 나는 알아서 할 테니 아들한테 신경 좀 쓰세요. 선재가 계속 우울한 거 못 느껴?"

"괜찮아, 너보다 먼저 철들려나 보다, 얘...!"

대수롭지 않게 대답하는 엄마를 물끄러미 바라보았다.

"우리 선재 아무렇지도 않은데 괜한 걱정과 잔소리들... 그치, 그치?"

얼른 눈길 피하는 내 등에 대고 엄마는 또 속 모르는 소리를 하셨다.

"아구구! 저 단단해진 어깨 좀 봐라. 선재도 중학생이 되면 한 해에 한 뼘씩 키가 클 거야. 말은 줄어들고 생각은 깊어지면서 사나이

답게, 멋지게."

"아아, 내가 못 살아! 어깨는 말라빠지고 지금보다 더 말이 더 없어지면 어쩌려고요...!"

혜지 누나가 어이없다는 듯 엄마를 쳐다보더니, 방으로 홱 들어가 버렸다.

하필 그날 저녁, 담임선생님이 전화를 하셨다. 낮에는 통화 시간이 여의치 않아 다시 걸었다고 했다.

"어머니, 선재가 통 말이 없는데요? 왜 그렇게 변한 걸까요?"

"아휴, 선생님! 선재가 원래 또래 아이들보다 점잖은 아이잖아요. 오죽하면 어려서부터 별명이 영감이었겠어요. 호호호..."

"아... 그렇지만 최근 집안에 무슨 변화가 있나 해서요. 어머니는 까닭을 아실 것 같아 전화드렸습니다."

"일 있을 게 뭐 있나요? 사내애들이 그만한 나이 때는 대개 그렇답니다..."

엄마는 나에게 사춘기가 찾아온 거라고 쉽게 결론을 내렸다.

가끔 거울 속의 나를 물끄러미 본다. 입을 닫고 표정조차 어두워진 게 확실하다. 웃어보려 해도 오히려 일그러진 표정이 되는 건 왜일까.

말 시키고 싶어 안달하던 친구들은 이제 나를 건들지도 않는다. 나 역시 혼자만의 세상으로 점점 빠져드는 걸 어쩔 수 없었다.

그러다 사건이 터졌다. 아무리 그래도 쌓이고 쌓인 화를 혜지 누나 앞에서 터트린 건 열 번 백번 내 잘못이다. 주말에 잠깐 다니러 온 누나에게 책을 집어던지고 말았다.

"그런 잔소리 하려거든 집에 오지 마!"

하필 딱딱한 책 모서리가 누나의 손등에 맞아 상처가 나고 말았다. 누나 손에 든 악보 뭉치가 가랑잎처럼 흩날렸다.

"너... 네가 누나한테...?"

울며 뛰쳐나간 누나를 엄마도 데려오지 못했다. 이제 엄마와의 갈등이 시작될 차례다.

담임선생님은 상담 선생님과 내가 만날 시간을 마련해 주셨다.

간단한 설문조사와 내 심경을 묻는 상담 선생님은 따뜻함과는 거리가 멀어 보였다. 내 얘기를 듣는 중에도 옆에 둔 휴대폰 문자를 수시로 확인하고 답을 보내는데 정신을 쏟는 것 같았다. 그래도 몇 가지 속내를 털어놓고 나니 한쪽 어깨가 좀 가벼운 기분이었다.

문제는 상담을 마치고 교실로 돌아와서부터였다.

"너 상담실 갔다며? 우울증 테스트했지?"

"소아우울증이야, 조울증이야?"

"기분이 좋았다 나빴다 반복하는 게 조울증인데... 선재는 계속 우울하니까 정통 우울증이겠다. 하하하!"

"에휴, 복잡해! 세상 걱정 혼자 다 하는 골치 아픈 애들 가끔 있다니까."

"그런 걸 개똥철학이라고 하지. 신경 *끄*자, 우린."

친구들 눈에 내가 이상했을 테니 무시당해도 싸다 싶었다. 그럼에도 서글프고 분했다.

"그만해. 선재 우나 봐..."

자기들과는 상관없다는 듯 함부로 찧고 까부는 녀석들을 보지 않으려 책상에 엎드려 눈을 감아 버렸다. 다 때려 부수고 싶은 걸 참느라 속에서 열불이 났다.

13

맑은하늘 신경정신과

6층에서 엘리베이터가 멈추었다.

문이 열리자 '맑은 하늘 신경정신과' 출입문이 바로 마주 보였다.

망설일 새도 없이 미닫이 병원 문이 스르르 열렸다.

"아, 박선재 학생? 어서 와요."

갸름한 얼굴에 상냥한 웃음을 가득 머금은 간호사가 문을 열어 맞아주었다.

한 시간에 한 명씩 예약환자만 진료한다더니, 정말 대기실에 기다리는 사람 하나 없이 조용한 병원이었다. 조명을 한층 낮춰 밝지 않은 분위기를 만든 것도 편안했다.

먼 곳에서 들리는 소리처럼 아득하게 흐르는 음악이 귀에 익었다.

'아, 드뷔시(Debussy)의 달빛(Claire de lune)…!'

누나의 연주를 위해서였는지, 그동안 엄마의 차 안에서 여러 번이나 들은 곡이다.

'이다음에 혜지와 선재는 어느 직종에서 일하든 능력 있는 전문가가 되었으면 해. 일에 몰두하다가, 그림을 그리거나 피아노를 치거나... 음악 감상에 빠져 한참씩 머리를 쉴 줄 아는 사람... 내 아들딸이 꼭 그러기를!'

엄마는 나와 혜지 누나가 어른이 된 후, 휴식시간 사용법까지 설정해 두신 셈이다. 엄마처럼 각박하게 살지 말라는 뜻으로 들려 피식 웃음이 났다.

잠시 서성거리는 동안 유키 구라모토의 맑은 피아노 선율로 '로망스'와 '레이크루이스'가 이어졌다. 얼마 전 연주회장에서 서툰 우리말로 '안녕하세요, 유키 구라모토입니다...' 공손하게 인사하던 모습이 떠올라 반가웠다.

상담실 문이 열렸다.

의사 선생님 방이 진료실이 아니라 상담실인 것도, 스르르 밀려가다 멈추는 미닫이문이 있는 병원도 처음 본다.

상담실은 대기실보다 약간 더 어둑한 것이 촛불을 켠 것처럼 아늑하고 평화스러웠다. 집에서 오는 동안 불만스럽고 한편 떨리던 마음이 저절로 가라앉는 듯했다.

뜻밖에도 의사 선생님은 흰 가운 대신 목이 헐렁한 연하늘색 니트

셔츠 차림이었다. 마시던 찻잔을 든 채 웃음 지으며 일어서는데, 놀러 온 조카를 맞는 맘씨 좋은 삼촌 표정이었다.

"어서 와. 거기 편히 앉아."

의사 선생님이 겨우 엉덩이만 걸터앉은 내 가슴에 노란 체크무늬 쿠션을 안겼다.

"여기 오는 거 영 마음 안 내켰지?"

의사 선생님의 첫마디에 고개를 끄덕였다.

"처음엔 누구나 그렇거든."

엄마와 일주일 넘게 냉전을 치르고 유난히 예민해졌던 마음이 좀 풀어지는 기분이었다. 참았던 한 마디, 신경정신과에 가자는 엄마의 제안에 가슴에서 뭔가 툭 떨어지는 기분이었다.

"13층에 고3 수험생 진규라고 알지? 스트레스가 얼굴에까지 덕 지덕지 붙어 있던 여드름쟁이 말야. 그 형도 맑은하늘 의사 선생님 께 몇 차례 상담받고 마음이 안정되었다더구나. 아마 성적도 쑥 올 랐다지..."

청소년 상담 전문으로 유명한 분이라는 둥, 대학 시절에는 가수를 꿈꾸던 감성파라는 둥... 엄마는 내가 만날 의사 선생님 광고에 열을 올리셨다.

"엄마 눈에는 내가 그렇게 이상해 보여요? 치료받아야 할 만큼?"

"이상한 게 아니라 변한 거 같아서. 너... 그런 아들이 아니었잖아."

얼마나 분한지 눈물이 뚝 떨어졌다. 그러면서 최근 엄마한테 못되

게 군 게 켕기긴 했다.

자주 하는 누나의 농담에 책을 집어 던지며 소리 지른 거, 이틀 동안 학교도 안 가고 방 안에 틀어박힌 거...

아, 등교한다고 집을 나서 학교 대신 아파트 옥상에서 한나절 누워 있다 내려온 사건이 엄마한테 가장 충격이었을지 모른다. 그날 엄마가 나를 붙잡고 가장 많이 울었으니까.

엄마가 진료 예약을 하면서 그런 내 상태를 자세히 전하지 안 했을 리 없다.

할머니를 하늘나라 보내고, 아이처럼 방황하는 남편을 보듬고 위로하기까지 엄마는 최근에 몇 년 치 속을 한꺼번에 썩었을 수도 있다.

머릿속 생각을 정리하는 잠깐 사이에도 선생님은 나의 손놀림 발놀림 하나까지 지켜보며 빠르게 기록하고 있었다.

"조금도 불안해하지 말고... 여긴 그냥 편하게 쉬는 곳이라고 생각해."

입을 다물고 숨을 한껏 들이쉬는 동안 배를 최대한 들어가게, 입술을 살짝 열어 숨을 내쉴 때는 배를 내밀면서 호흡을 길게 뱉어내기.

이해가 잘 안 되었지만 따라 해 보니 가슴이 후련해지는 느낌이 들었다. 특히 소리 안 나게 숨을 오래 내쉬며 배를 내밀 때는 닫혔던 속이 스르륵 열리는 것 같기도 했다.

"그렇지, 그렇지! 얼굴이 한결 평화로워 보이는걸?"

의사 선생님의 따뜻한 눈길을 의식하며 나는 자세를 고쳐 앉았다.

"처음에 여기 올 때 아무래도 불편했지? 어머니가 억지로 보내신 건 아닌가?"

"예..."

나는 숨을 한번 크게 들이쉬고 점점 눈에 익어지는 주변을 살폈다. 길고 푹신한 수박색 우단소파 위에 동물 모양 쿠션 서너 개가 아무렇게나 던진 것처럼 놓여있었다.

"피곤하면 누워도 되고... 여긴 위로받으러 오는 곳이니까. 병원이라 생각하지 말고."

"처음엔 안 오겠다고 고집부렸지만... 와 보니 생각보다 괜찮아요."

"그래. 선재는 지금 비밀스럽고도 자유로운 공간에 와 있다고 생각해. 무슨 얘기를 털어놓아도 비밀이 보장되는 곳, 무거운 마음 내려놓고 가는 곳."

"예..."

아무리 친절해도 의사 선생님 앞이라 편하지는 않다.

"자, 이제 선재 얘기 좀 들어볼까?"

"무슨 얘기요?"

"오래전의 일이나 현재 일이나, 가족이나 친구나... 그냥 떠오르는 생각 아무거나 얘기해 보자. 순서 없이 생각나는 거 뭐든 다."

나를 푹신한 소파에 앉히고 의사 선생님은 맞은편 갈색 책상 앞으로 갔다. 일곱 걸음쯤 떨어진 자리다. 나는 누워도 좋을 만큼 푹신한 소파에 앉고 의사 선생님은 멀찌감치 불편하지 않은 거리로 마주 보게 된 구조였다.

'마음을 치료하는 병원이라 다르긴 다르구나. 조명도 은은하고 음악도 잔잔히... 삼촌처럼 친근한 의사 선생님은 인자하게 웃어주고...'

"요즘 선재를 슬프게 하는 일이 뭐 있었지?"

"..."

"아, 괜찮아. 말하고 싶어지면 천천히 하자."

그러고도 한동안 입을 떼지 않는 나에게 의사 선생님이 다가왔다.

"가까이서 보니 더 잘생겼네! 웃을 때면 인상 좋다는 말 많이 들었지?"

선생님이야말로 진짜 훈남이라는 말을 하고 싶은데 참았다.

"슬픈 기억... 누구에 대한 원망 같은 거... 생각 안 나?"

"아뇨."

언제나 짧은 대답과 도리질은 학교나 집에서 지적받는 나의 좋지 않은 습관이다.

'가슴에는 할 말이 쌓여 무너질 것 같은데...'

잠시 눈을 감았다. 까마득한 시골 풍경 속에 어릴 적 내 모습이 보인다. 무엇에 홀린 것처럼 오래된 영화의 장면처럼 떠오른 시절을 책 읽듯 읽어 내려갔다.

여섯 살인가 일곱 살인가... 초등학교 입학 전이었어요.

엄마의 빨간 승용차를 타고 시골 할머니 댁으로 갔어요. 엄마와 단둘만의 여행이 얼마나 신나던지요.

휴게소에서 딸기 아이스크림도 먹고, 우동도 먹고... 혜지 누나 없이 그렇게 먼 길 가는 게 처음이라 더 좋았어요. 왜냐하면 엄마가 완전 내 차지가 되었으니까요. 바쁘다는 말을 입에 달고 사는 엄마가 내 말을 귀담아 들어주는 게 신기했어요.

그리고 할머니 댁에 도착한 이후 몇 시간은 기억나지 않아요.

할아버지와 냇가에서 놀다 왔는데 엄마도 빨간 차도 보이지 않았어요. 엄마가 저를 두고 몰래 가 버린 거였지요.

그전에는 엄마 출장 다녀올 동안 할머니 댁에서 지내는 게 좋았거든요. 며칠 밤 자고 데리러 온다고 하면, 시골에서 재미있게 지내며 기다리면 그뿐이었으니까요.

그런데 그날은 엄마가 아무 말도 없이 도망갔잖아요?

시골집 마루에 놓고 간 옷과 장난감 박스를 떠올리면 아직도 내 몸이 내팽개쳐진 것처럼 서러워요. 어린 마음에도 엄마를 용서할 수 없을 것 같았어요.

유치원 친구들과 작별 인사를 하고, 내 방 물건들을 챙기고... 아무리 어린애라도 그 정도 준비할 시간은 줘야 하는 거 아닌가요?

그날 저녁부터 밥도 안 먹고 내내 울기만 한 것 같아요.

"우리 애기 어쩌나... 가여워 어쩌나...!"

나를 달래다 지친 할머니가 엄마한테 전화하던 게 기억나요.

'아장아장 걷던 아기 적에도 반년을 품어 키웠다마는... 이제 저만큼 자라서 에미 정을 못 끊는 애를 어쩌란 말이냐. 선재를 이토록 애닯게 하면서 얼마나 큰돈을 벌 거냐'하면서요.

솔직히 할머니와 함께 사는 게 좋았어요.

할머니는 한 끼 간식이라도 꽃그림처럼 예쁘게 만들어 주는 분이 셨어요. 작고 동그란 연잎을 접시 삼아 노란 게란말이와 김밥을 담아 주시는데 그 누가 안 먹겠어요. 할머니는 딸기 하나, 찐빵 하나라도 덥 석 건네준 적이 없어요.

그런데 참 이상하지요. 할머니와 새록새록 정이 들수록 엄마가 미 워지더군요.

미운데 보고 싶은 거, 미운데 자꾸 생각나는 거, 그런 마음이 있을 수 있나요?

아빠가 두세 번 다녀가면 다음번 주말엔 엄마가 누나를 데리고 왔 어요.

할머니 덕분에 외롭지도 않았으면서, 어쩌다 엄마가 오는 날이면 괜히 부아가 났어요. 그래서 엄마만 보면 공연한 꼬투리로 짜증내고 울어서 오랜만에 온 엄마를 질리게 했나 봐요.

어느 날, 엄마가 나를 화장실로 데려갔어요. 그리고 징징대는 제 팔 을 아프게 움켜쥐고 말했어요.

"박선재, 엄마 눈 똑바로 보면서 잘 들어. 엄마는 일이 너무 바쁘다 고 했지? 밥도 잘 안 먹고 친구들과도 못 어울리는 너를… 도저히 신경 쓸 시간이 없어서 그랬단 말이야!"

엄마는 겨우 예닐곱 살짜리 아들한테 어쩌면 그랬을까요?

차라리 돈 버느라 돌봐주지 못해 미안하다고, 할머니랑 잘 지내다
가 머지않아 함께 살자고 말해 주면 좋았을 텐데...

분명히 기억나는 사실을 털어놓으면서도 독후감을 말로 하는 것 같
아 불편하고 낯설었다.

엄마의 무정함을 일러바친 게 다였다. 양진태, 그 인간에 대해서는
한 마디로 꺼내지 못한 채, 까마득한 어린 날을 되짚어내는 내가 이
상했다.

"많이 힘들었겠구나! 그런데 말이지... 그때 일 떠올리면 원망 말고
다른 생각은 안 들어? 엄마한테든 누구한테든."

의사 선생님이 인자한 얼굴로 나지막하게 물었다. 마주 볼수록 눈
빛이 참 순한 분이다.

"아, 그게요. 요즘 문득 든 생각인데요..."

오래 묵힌 생각을 털어낼 차례다.

"그때 나만 힘든 게 아니고 엄마도 나만큼 힘들었을까요...?"

갑자기 흐느낌이 몰려와 당황스러웠다.

"오케이!"

새롭게 떠올린 생각을 말했더니 의사 선생님 눈빛에 비로소 웃음
이 감돌았다.

"본 것이 적으면 놀랄 일이 많다는 중국 속담이 있어. 보고 겪은 게

많으면 놀랄 일이 적다는 뜻도 되겠지?"

똑같이 상처당한 일이라도 사람마다 그 상처의 깊이가 다르다고 했다.

"그게 사람의 성향 차이인데 말이지…"

무조건 남을 원망하거나, 지나치게 자책부터 하거나, 별로 신경 쓰지 않고 곧 잊어버리는 유형이 있다고 했다. 한번쯤 원망하던 상대방의 입장이 되어 생각해 보는 게 필요한 공부라는 대목에서 가슴 한구석이 쿵 내려앉았다.

'엄마도 억지로 떼어놓은 어린 남매가 보고 싶어 울었을까. 그 마음 살뜰하게 전하지 못해 나처럼 슬프고 혼자 외로웠을까.'

평소에 생각지도 않은 옛이야기를 털어놓고 나니 개운한 게 아니라 최면에 걸렸다 깨어난 것처럼 어지러웠다. 정작 최근에 나를 그토록 고통스럽게 한 사건에 대해서는 왜 입을 떼지 못했는지 모를 일이다.

양진태, 내 열세 살부터의 인생을 뒤흔든 그 인간에 대해 언제쯤 편하게 말할 수 있을까.

'마음을 편안하게 가다듬고 천천히, 생각이 흐르는 대로 이야기도 따라가면 되니까…'

의사 선생님과 다음 상담을 기약하고 돌아서는데 뒤통수가 부끄러웠다.

14

엄마도 외롭다

얇은 조각달이 앙상한 나뭇가지에 걸렸다.

엄마는 아직 퇴근 전이고 새 식구가 된 고양이는 식탁 아래서 졸고 있다.

퇴근할 엄마를 기다리는데 문득 보고 싶은 건 할머니였다.

'할머니... 하늘나라에서 행복하세요?'

내 손엔 원래의 색을 모를 만큼 바랜 낡은 수건이 들려 있다. 할머니 바느질 방을 정리하다 나온 거라며 할아버지가 보내 주셨다. 배냇저고리 만들고 남은 천에 노란 실로 테두리만 박은 건데 군데군데 지워지지 않는 얼룩이 묻어 있었다.

'사람마다 의미 있는 물건들이 있는 법이지. 네 할머니가 이거 주인 찾아 준다고 삶고 빨고 하더니... 밤물인지 감물인지 영 지워지질 않

는다며 너한테 못 전해주더구나.'

할아버지가 일부러 찾아 보내주신 이유를 나는 안다. 아이들이 애착이불을 안고 마음을 진정시키는 것처럼 나에게도 효과가 있기를 바라는 마음을 알고도 남을 일이다.

할머니가 생전에 하던 대로 수건을 목에도 둘러보고 코에 대고 큼큼 냄새도 맡아본다. 그 얼룩에 할머니와 함께 지낸 추억이 고스란히 배어 꽃무늬보다 고운 까닭이다.

맑은 하늘 신경정신과에 세 번째 가는 날이다.

그동안 의사 선생님 앞에서 부끄럼도 잊은 채 쏟아낸 눈물만큼 가벼워진 것 같기도 하다.

양진태의 폭언과 폭력에 대해 긴 시간 동안 대화와 상담을 병행하여 치료를 받았다.

첫 번째와 두 번째의 눈물이 나도 미처 몰랐던 원망과 분노였다면, 마음공부를 한 후에는 오히려 상대방에 대한 연민이 일어나는 신기한 체험을 하기도 했다.

속내를 다 털어놓게 만드는 맑은 하늘 의사 선생님의 재주가 용하긴 용하다. 그러니 보이지 않게 치료가 되긴 되는 모양이다.

"안녕? 선재, 좋아 보이는데?"

이번엔 연두색 체크무늬 셔츠 차림의 의사 선생님이 손을 들어 반긴다.

그 편안함에 상담실로 들어가기 전부터 내 말문이 열렸다.

"저의 집에 고양이를 키우기 시작했어요. 이름이 '주먹'이에요. 왜 그런 이름을 지었냐면요, 고 녀석 몸이 딱 어른 주먹만 하거든요. 다음에 한번 데려와 보여 드릴까요?"

나 혼자만 떠든 걸 깨닫고 순간 움찔했다.

"허허참, 주먹만 한 녀석이 숨으면 어찌 찾지? 한번 데려오렴. 그런데 나중에 고양이가 베개만 하게 자라면 이름을 '베개'라고 바꿀 거니?"

"아뇨, 왕주먹으로!"

"하하하, 성이 원래 왕씨였다고 우기면 되겠네."

나와 의사 선생님의 유쾌한 소통에 간호사 누나들까지 깔깔 웃었다.

퇴근하는 엄마가 고양이를 안고 들어온 건 놀라운 사건이었다.

"거래처 사장님이 분양해 주셨어. 일단 며칠만 데리고 있어 보래."

"어! 고양이든 강아지든 다 귀찮고 싫다고 하시더니?"

할아버지 댁에 놀러 오는 길고양이 제롬을 데려오고 싶다고 했을 때 말도 못 꺼내게 하던 엄마였으니 쉽게 이해되지 않았다.

"지겨워, 지겨워! 가족들 뒷바라지만으로도 벅찬데 동물까지 먹여 살리라고?"

엄마는 나와 누나가 큰 잘못을 저지른 것처럼 목소리를 높였다.

'엄마를 좋아하지 않으리라...!'

그때 나는 속으로 울음을 삼키면서 결심했다.

그런데 이제 불쑥 고양이를 안고 온 엄마를 어째야 할까.

'앞으로 엄마를 미워하진 않으리라...?'

엄마는 빈말이라도 너와 혜지가 좋아하니 데려왔다고 하지 않았다. 원래 그런 분이다.

그래도 좋았다. 주먹이가 내 곁에 와 따뜻한 엉덩이 붙이고 앉으면 언 마음조차 스르르 녹는 듯했다.

겨우 눈 뜬 아기 고양이를 키우는 일은 쉽지 않았다. 물 한 모금 먹다가도 재채기를 하고 먹이는 입에 대려 하지도 않았다.

동물을 안 키워본 사람은 있어도, 동물을 키워보고 싫다는 사람은 없다던가.

엄마가 애가 타서 여기저기 물어보고 분사기에 우유를 넣어 입천장에 스프레이 뿌려주는 모습이 애틋해 보였다. 마침내 주사기에 우유를 담아 입에 넣으니 쪽쪽 빨아먹게 되었다. 요즘은 카스텔라에 코를 박고 야금야금 파먹는 모습이 어찌나 귀여운지 모른다.

"선재야, 이리 와 봐. 주먹이가 또 엄마 티셔츠 속으로 쏙 들어왔어."

"호호호, 글씨만 쓰려하면 펜을 발로 차는 것 좀 보렴."

저녁밥만 먹고 나면 두 식구든 네 식구든 각각 자기 방으로 들어가기 바빴는데, 주먹이 하나로 온 가족이 수시로 모일 일이 많아졌다.

빨간색을 좋아하는 주먹이에게 엄마는 빨간 스웨터를 아낌없이 던져주고, 프라이팬에 들어앉기 좋아한다고 오목한 프라이팬을 아예 식탁 아래 내려놓았다.

"너, 그렇게 프라이팬에 들어앉는 거 좋아하다 한번 당하겠는걸! 뜨거운 팬에 엉덩이 데일까 봐 걱정된다, 애!"

발뒤꿈치를 깨무는 주먹이 애교 때문에 엄마의 하늘하늘한 웃음소리도 난생처음 들었다.

"난 몰라, 난 몰라! 아갸갸…!"

엄마 숨이 넘어가기 전에 내가 얼른 주먹이를 들어 올린다. 우리 가족의 놀라운 변화다.

"주먹이 때문에 엄마를 다시 보게 되었어요."

아차, 쓸데없는 말을 했다 싶었는데 선생님은 오히려 함박웃음이다.

"나는 선재를 다시 보게 되네. 컨디션도 많이 좋아졌는걸!"

아무렴, 뾰족해진 성질을 시나브로 둥글게 갈아주는 의사 선생님을 만났으니 나도 살만해진 기분이다.

"선재는 이다음에 아나운서 해라. 어찌나 표현을 잘하던지 마치 우리가 주먹이를 눈으로 본 듯하거든! 그 말솜씨면 변호사가 더 어울리겠어."

속마음을 털어놓는다는 건 무거운 짐을 내려놓는 것과 같은가 보다. 맑은하늘 병원을 나서며 올려다본 하늘이 정말 높고 푸르렀다.

엄마가 며칠 회사에 나가지 않았다. 몸살 심한 날이라도 병원에 들렀다 출근하던 엄마였으니 예삿일은 아니다.

"네 엄마도 연약한 여자라는 걸 우리 모두 잊고 산 탓이야..."

이모가 적극적으로 엄마 편을 들고 나섰다.

마침 한국에 와 있는 아빠가 엄마 대신 사무실로 출근했다.

엄마가 집에 있으면 좋겠다는 어릴 적 바람이 이루어졌는데, 엄마가 있는 집안 분위기가 오히려 불편하고 낯설었다.

"엄마, 무조건 쉬어요, 쉬어! 엄마한테는 무조건 쉬는 게 보약이야."

역시 엄마를 가장 잘 이해하는 사람은 딸인지도 모르겠다. 혜지 누나는 밤늦어 들어온 아빠를 붙잡고 설득을 해 본다.

"이모가 그러는데... 실은 아빠가 중국으로 떠난 후부터 엄마가 많이 힘들어하셨대요. 그러니까 엄마한테 아빠가 엄청 필요하셨던 거예요."

아빠는 아무 말 없이 듣기만 했다.

"내가 뭘 더해야 하지...?"

누나가 외국인처럼 양손바닥을 옆으로 펼치며 고개를 갸웃했다.

한평생 목소리 크고 건강한 줄 알았던 엄마의 변화로 집안 분위기가 잔뜩 가라앉은 건 사실이다. 한밤중에 주먹이를 안고서 불도 켜지 않은 거실과 주방을 불안하게 서성이는 엄마를 나도 몇 번이나 보았다.

"나는 뭐 감정도 없는 줄 아니! 꽃이 피고 지는 걸 보면 우리 인생처럼 서글프구나 싶고... 계절이 바뀔 때면 어디 여행 한 번 훌쩍 다녀오고 싶고. 사람 마음이야 다 그렇지..."

아직 어린 혜지 누나 앞에서 엄마의 눈물과 하소연은 충격이었다. 그러니 고교 입시를 앞둔 딸이 해결사를 자처할 만했다.

"아빠는 엄마한테 무슨 눈치 못 채셨어요?"

"늘 나보다 앞서서 씩씩하게 나서는 게 일상이었으니... 몰랐지."

아빠도 모르셨다니 할 말 없긴 했다. 그렇게 시작된 냉전이 사흘 이상 계속되었다.

"뭐해, 선재?"

누나가 살그마니 내 방으로 들어섰다.

"우리 작전 좀 짜야하지 않을까?"

"나야 뭐... 누나가 시키는 대로 할게."

"이그그, 넌 어쩌면 그리도 아빠 스타일이니!"

소극적인 대답에 누나에게 꿀밤부터 한 대 맞았다. 원래 해결사 본능을 지니고 태어난 누나는 친구들 사이에서도 이미 '중재 잘하는 이쁜 친구'라는 긴 닉네임을 얻은 지 오래였다. 오지랖 넓게 선생님들 사이에 끼어들어 혼난 일도 있으니, 부모님 일을 두고 볼 성격이 아니다. 좀 더 두고 보자는 내 의견은, 화해는 빠를수록 좋다는 누나의 의견에 묵살되고 말았다.

"가족은 뭉쳐야 해. 그리고 이 시점에선 지친 엄마의 마음을 풀어

드리는 게 우선이야."

누나와 나누는 얘기 중에 내가 깜빡 잊고 지낸 가족끼리의 추억이
새록새록 떠올랐다.

우리에겐 한 번도 외할머니나 외할아버지의 존재가 없었지? 우리
는 그 사실을 왜 궁금해 하지 않았을까?

우리에겐 친할머니와 할아버지가 계시니까 아쉬울 게 없었던 건
지 몰라.

하지만 이 세상에 부모님이 안 계신 엄마 심정은 어떨까? 남편의 부
모님을 내 부모처럼 대하고, 수시로 오가며 살갑게 대하는 엄마한테
도 기본 감정이란 게 있지 않겠어?

최근에 이모한테 처음 들은 얘기야.

엄마와 이모가 초등학생일 때 외할머니와 외할아버지가 돌아가셨
대. 그것도 험한 교통사고로 한날한시에.

그 이후의 슬픔과 그리움과 친척집에 얹혀살던 설움에 대해서는 한
평생 입조차 떼고 싶지 않다고 하시더라.

무슨 의미인지 알 것 같았어. 그 얘기를 듣는 순간, 이모랑 엄마가 가
여워서 많이 울었어. 그리고 그동안 엄마가 우리한테 냉정하다 싶은
것도 무조건 이해할 것 같았어.

나는 말이지… 엄마 아빠가 긴 여행 갈 때나 일이 바쁠 때마다, 우리
를 시골 할머니께 맡겼던 걸 미안해하지 않는 까닭을 이제는 이해하

고도 남아.

이모가 그랬어.

깊은 슬픔을 겪은 이들에게, 얼마 동안 헤어져 살다 보고 싶으면 두세 시간 안에 달려가 볼 수 있는 이별은 전혀 슬프거나 미안해 할 일도 아니라고.

우리 아빠처럼 떠나버린 친엄마라도 어디든 살아있으면 그 사실만으로 고마운 거 아니냐고, 이 세상에 없는 것보다 얼마나 든든하냐고.

맞는 말 아니니? 살아오는 동안 따뜻한 손길이 필요할 때가 수도 없이 많고 날마다 보고 싶어 미칠 것 같은데… 이 세상 어디에도 내 엄마가 없다는 게 말이 돼?

세상 끝까지 찾아다녀도 소용없다는 사실을 받아들이던 슬픔의 깊이를 생각해 본 적 있느냐고.

그날, 이모의 말을 듣다 말고 나는 밤길에 엄마한테 달려왔어.

너도 기억할 거야. 이모 집에서 지내던 내가 갑자기 한밤중에 집에 돌아와서 엄마 침대에서 함께 자겠다고 졸랐던 날 있었잖아. 나란히 누웠을 때 내가 엄마를 안아 주었어.

역시 대장 엄마! 나는 펑펑 우는데 엄마는 오히려 담담하시더라.

어린 시절은 머릿속에서 지워진 지 오래고, 아빠와 결혼하면서 새 인생을 시작한 거래.

"네 이모랑 단둘이 외롭게 자라서 그런지 처음부터 네 아빠의 따뜻하고 조용한 성품이 무작정 좋았단다. 더구나 품 넓고 인자하신 시부모님이 계시다는 게 나에게 얼마나 설레는 일이던지!"

아빠한테 불만을 말하기도 하지만, 근본이 선량한 사람이라 한 번도 미운 적이 없다는 엄마가 위대해 보였어. 마음이 늘 어딘가로 향해 있는 아빠의 방랑벽 때문에 그 마음을 다 차지하고 살지 못해도 우리 남매가 있으니 그것 또한 괜찮다 하셨어.

명절에도 휴가 때에도 찾아갈 친정이 없는 우리 엄마... 그래서 옥란 할머니와 엄마 사이가 그리 애틋하셨는지도 몰라.

엄마한테 잘해 드리자, 우리.

수다쟁이 누나의 얘기가 이보다 길었던 적은 많았지만, 이만큼 진지했던 건 처음이다. 다 듣고 나니 내 가슴이 먹먹했다.

"선재, 너와 말이 통해서 참 좋다! 쌩유!"

그럴 일이 아닌데, 혜지 누나는 내가 끝까지 공감하며 들어준 걸 몇 번이나 고마워했다.

엄마처럼 이미 큰일을 겪은 사람은 어떤 경우에도 담대할 수 있다는 걸 이제야 알 것 같다.

"잘할게..."

참는 거 하나 잘하는 나는, 당장 엄마한테 달려가고 싶은 마음을 지그시 눌렀다.

어떻게 잘해 드릴까, 아이디어를 짜내다 세상에 떠도는 영화 대사가 떠올라 웃음이 났다.

'너나 잘하세요!'

학교 수업이 끝나자마자 곧장 집으로 달렸다.

문구점 옆 꽃집에서 난생처음 핑크색 장미를 세 송이 사 들고 온 길이다.

아빠가 계실 텐데 현관문을 열 때까지 아무도 내다보지 않았다. 엄마와 병원에 가셨나 싶어 서재를 기웃거리는데 문 닫힌 안방에서 엄마 목소리가 들렸다.

"이제 쉬고 싶어요! 나도 멈추고 싶단 말이에요. 이대로 가면 고단해서 죽을지도 몰라...!"

엄마 말투가 낮고 단호했다. 함께 있을 아빠의 대답 소리조차 나지 않는 것도 이상했다.

"담보대출이 뭔지 마이너스통장이 뭔지도 당신은 모를걸요? 월말이 되면 조달해야 할 자금에 대해 한번이라도 궁금하거나 고민해 본적 있었는지... 대답해 봐요!"

"그거야 처음부터 당신을 믿었기 때문에..."

이 상황에서 아빠는 어떤 표정을 짓고 있을까.

방문 앞에 엉거주춤 선 채로 나는 엄마의 한풀이를 다 엿듣고 말았다.

"여보, 화내지 말고 들어요. 당신, 예전에 그런 사람 아니었잖소. 무슨 일이든 시원시원하게 처리하고 누구보다 자신만만했는데..."

"그런 사람? 내가 누구 때문에 이렇게 변했을까요? 부부 중 한 사람은 하고 싶은 일 골라서 할 때, 한없이 뒤를 봐 주고 생계를 책임지는 역할은 누가 정했던가요?"

"미안해요, 미안해..."

목소리가 더 작아진 걸 보면, 무력해진 아빠가 한층 고개를 숙인 게 뻔했다.

"그리고 나의 일에 대한 집착, 돈에 대한 욕심을 이해하지 못하겠다고 했지요?"

"물론 다 이해 못하는 건 아니고..."

"좋아요! 혜지 오면 한번 물어봅시다. 그 애는 어느새 자라서 엄마를 가여워할 줄도 알더군요. 결혼한 지 16년 된 아빠의 소원이 아직도 배낭여행이라는데 어떻게 생각하느냐고. 마흔 살에 첼로와 색소폰을 배우는 아빠가 마냥 멋있기만 하냐고 말이에요."

그 순간 방문이 덜컥 열렸다. 혜지한테 묻자는 엄마 말에 아빠의 자존심이 상하셨나 보다.

"아, 아빠...!"

나는 도둑질하다 들킨 것처럼 얼굴을 붉히며 뒷걸음질 쳤다. 행여 큰 다툼이 벌어질까 봐 얼마나 긴장하며 엿들었던지 등에서 식은땀이 흘렀다.

"선재 왔구나! 아빠가 마중 못 나가 미안...!"

아빠 얼굴도 나처럼 붉게 달아올라 있었다. 내가 있건 말건 엄마는 열린 문밖을 향해 하던 말을 계속 이어갔다.

"사업하다 이익이 적어지면 규모를 줄이거나 접을 생각을 왜 안 하느냐고요? 통역은 통역사에게 맡기면 편하다고요...?"

"아이참, 여보... 선재가 듣는데 그만합시다."

아빠가 내 손을 끌고 식탁으로 갔다. 간식을 준비하는 아빠 손이 조금 떨리고 있었다.

"이보셔요, 7년 넘게 우리 사무실에서 일하는 직원이 몇 명인가요. 그들에게 딸린 가족의 생계를 생각하면 쉴 수도 없고 일감을 줄일 수도 없어요. 함께 먹고살자는 거지, 우리 수입만 늘리기 위해 사업하는 게 아니니까요. 함께 일하는 직원도 넓은 의미의 가족이니까 여유롭게 살게 해 주고 싶어 애쓰는 중이란 말이에요."

"그래, 그래요. 잘 알겠으니 이제 그만!"

아빠 말이 휴전인지 항복인지 잘 모르겠지만, 엄마도 화난 목소리가 아니라 다행스러웠다. 얼른 단감 한 조각을 포크에 꽂아 엄마한테 들고 갔다.

"엄마, 이거!"

엄마 입에 과일을 넣어주고 엄마 손을 내가 이끌었다. 멋쩍게 내 애교에 엄마도 어이없다는 듯 웃으며 비틀비틀 끌려 나왔다.

큰 식탁에 과일 한 접시 놓고 셋이 마주 앉았다. 아니 아빠가 마주 앉고 엄마와 나는 손을 꼭 잡은 채 나란히 앉았다. 손을 잡는 게 좋은지, 엄마는 잡은 손을 오래오래 놓지 않는다. 그전에도 몇 번이나 그랬다.

"여보, 우리 사무실 직원이 일곱 명이잖아요. 그들은 각각 한 집안의 가장이고, 우리가 주는 월급으로 식구들을 부양하죠. 그래서 나는 적어도 30명쯤의 생계를 책임지고 있다는 부담감과 은근한 자부심을 함께 갖고 산답니다. 적극 협조해 주실 거지요?"

"정말 대단해요, 당신 아니면 누가 그럴 수 있을까...?"

엄마의 센스 넘치는 마무리 부탁에 아빠가 고개를 끄덕이며 웃었다.

"에휴, 오늘은 내가 1절만 했네요. 남은 2절은 다음 기회에!"

"2절이든 3절이든 속풀이 하는 건 얼마든지 들어주리다."

엄마가 아빠와 눈길이 마주치자 피식 웃었다. 아무래도 내 앞이라 다급히 화해하는 분위기로 보였다. 아무리 눈치 없어도 내가 이제 그쯤은 안다.

아빠는 사과 한 개를 더 깎아 엄마 앞에 밀어주셨다.

"이렇게 사과하는 건가요?"

사과를 한 입 베어 문 엄마의 유치한 물음에는 내가 웃어주었다. 그 사과인지 저 사과인지, 무심한 아빠는 못 알아들은 게 분명하다.

"아재 개그조차 안 통하는 분과... 이 엄마가 살고 있다. 그치?"

"히, 좀 그러시네요..."

문득 내가 이제야 알게 된 엄마의 가슴 아픈 사연이 확 되살아났다.

누구보다 힘겹게 한 시절을 지나온 엄마의 잣대는 분명 남다를 거라던 누나 말이 맞다.

'살아서 겪는 일들은 괜찮아. 죽기도 하는데 뭘.'

그래서 내가 힘들게 겪는 일을 대수롭지 않은 일로 여겼을 만하다는 데까지 생각이 미쳤다. 하지만 나는 확실히 혜지 누나보다 한수 아래다. 누나가 엄마를 다 이해한다는데 나는 왜 아직도 화가 날까.

15

어디에도 없는

어둠이 내린 뒤뜰 나무의자에 아빠가 앉아 있다.

이럴 때 드라마에서는 엄마가 핑크색 홈드레스 자락을 끌며 찻잔을 들고 뜰로 내려서는 게 필수 장면일 거다. 하지만 그럴 엄마는 우리 집에 없다.

혹시 혜지 누나가 있었다면 살금살금 다가가서 아빠를 와락 끌어안았을지 모르겠다. 까르르 웃음소리가 밤하늘로 오르면서 불 켜지 않아도 환한 분위기로 아빠 마음속 우울을 말끔하게 씻어내줄 텐데.

"네 아빠도 참... 컴컴한 데서 왜 저러고 계신다니!"

엄마가 정원 등 스위치만 올려주고 방으로 들어가 버렸다. 역시 내 상상 속 안온하고 행복한 가정의 드라마는 거기까지였다.

방으로 들어와 침대에 누웠다.

저녁 먹은 게 소화되지 않은 건지 아까부터 가슴이 묵지근했다.

게다가 유난히 책상 앞에 앉기 싫은 날이었다. 수학 숙제도 안 했고 나 혼자 정해놓고 하는 영어공부도 사흘째 밀렸지만 만사 귀찮기만 했다. 베개로 가슴과 배를 누른 채 깜빡 잠이 들었다 깼다. 온 집안이 고요하다.

아빠가 들여다보고 가셨는지 내 방문이 활짝 열려 있었다. 나도 아빠처럼 이 방 저 방을 한 바퀴 돌아보았다.

고단한 엄마는 이미 잠들었고 아빠 혼자 서재에서 유유자적한 시간을 즐기는 중이었다. 다탁 앞에서 가부좌를 틀고 앉은 아빠 등줄기가 유난히 곧아 보였다.

타닥타닥, 찻물이 끓기 시작하자 아빠가 비로소 몸을 풀었다.

"저도 할래요."

아빠 맞은편 자리에 넙죽 앉았더니 아빠 표정이 환해졌다. 우리 가족 중에 아빠와 차를 마셔 주는 사람은 나뿐이다.

엄마는 자칭 커피홀릭이라고 고백했다. 하루에 다섯 잔이고 여섯 잔이고 커피를 마셔야만 정신이 맑아져 일을 할 수 있다는 것이다.

혜지 누나는 또 탄산음료를 좋아한다. 혀끝부터 톡 쏘는 시원한 단맛에 길들여져 커피나 녹차 맛을 좋아할 수 없는 게 당연하다.

"옳지! 천천히, 서두르지 말고 마음 편안하게."

아빠가 내 앞에 두 개의 빈 찻잔을 놓았다.

"신기하다! 전기 포트로 물을 끓이는 데 어째서 타닥타닥 장작불 때는 소리가 나요."

"듣는 사람 마음인 게지."

끓인 물을 알맞게 식혀 다관부터 데우는 손길이 지극히 평화로워 보인다.

아주 뜨겁게 말고 '기분 좋게 따뜻하다!'할 정도의 찻물로 차를 우리는 건 나도 할 수 있다.

차를 한 모금 입에 넣고 입속에 잠시 머무르며 향과 맛을 음미하는 게 정석이라던가.

"선재 없었으면 아빠는 또 할머니 두 분과 밤늦도록 차를 마실 뻔했구나!"

아빠는 요즘 혼자 차 마시는 자리에선 돌아가신 할머니를 초대한다고 했다. 듣고 보면 이상할 것도 없고 특별한 의식도 아니었다.

"앞자리에 찻잔을 놓아드리고 마음속으로 초대를 하는 거지. 복잡하게 생각할 거 없어. 오셨다고 믿으면 오신 거고, 안 오셨다고 생각하면 빈자리 그대로 두면 되니까."

아빠와 한평생 함께 갈 그리움과 속죄의 마음을 나는 알겠는데, 나 말고 또 누가 우리 아빠한테 공감해 줄지 궁금하다.

완전 현실주의자인 엄마가 들으면 기절초풍할 일일 수 있으니 말이다.

아빠는 옥란 할머니를 끝내 '엄마'라고 부르지 못한 걸 후회하는 게 분명하다.

"생각을 거듭하다 보니 누구도 미워하면 안 된다는 걸 깨달았지. 자기 몸으로 낳은 두 아이를 두고 떠난 분한테는 그만큼 간곡한 사연이 있을 것이고... 그 자리에 대신 와서 사랑과 희생으로 살다 가신 분은 또 그럴만한 이유가 있었겠지."

중국에 있는 동안, 아빠와 한 방을 쓰면서 잠들 때까지 들은 이야기들이 정말 많았다.

돌이켜보니 아빠 얼굴을 그렇게 오래 마주 본 게 처음이었다. 아빠가 아침에 깨어나 두 팔 높이 흔드는 습관이 서로 똑같아서 아침마다 웃기도 했다.

공황장애, 인터넷으로 네 글자의 뜻을 검색했다.

강박증, 분리불안증... 나는 어디에 속할지 찬찬히 읽어가는 동안, 어려운 용어들까지 이해하게 되었다.

'난 분리불안증과 강박증을 한꺼번에 갖고 있구나...'

며칠째 갈등하며 혼자 있는 시간이 힘겹다.

내게 가장 친절한 누나와 거실에서 잠깐 놀고 난 후, 누나가 자기 방문을 닫고 돌아서면 책상 위의 모든 것을 쓸어버리고 싶은 충동을 참기가 어려웠다. 두 손을 묶을 순 없으니 베개를 끌어안고 몸을 웅크린 자세로 벽에 붙어 잠들었다 깨면 언제나 이른 새벽이었다.

그 시각에 깨어 있을 가족은 할아버지뿐이다. 할아버지는 저녁 아홉 시에 주무시고 새벽 4시면 일어나는 게 오랜 습성이라고 했다.

잠시 망설이다 할아버지께 문자를 보냈다.

최근 독특한 아이디어로 휴대폰을 사용하는 할아버지가 떠올라 혼자 웃었다.

문자를 쓰는데 쌍시옷이나 쌍지읒이나 받침이 두 개 있는 글자를 조합하다 엉뚱한 낱말이 되는 난감함을 하소연한 적이 있었다. 더구나 클릭 한 번으로 다 쓴 문자가 삭제가 된 이야기를 듣고는 웃기가 죄송스러울 정도였다.

"할아버지, 문자 쓰기 번거로우면 그냥 통화를 하지 그러세요?"

"다들 바삐 사는 시대라 그것도 좀 조심스럽더구나. 급히 전할 일도 아니고 그래서…"

그래서 아이디어를 낸 게 종이에 쓴 편지를 사진 찍어 보내는 방법이었다. 노트 한 장의 편지가 1초도 안 걸려 먼 나라에 있는 사람에게까지 전해지는 신기함을 만끽하면서 말이다.

그래서 할아버지는 나와의 소통에도 부쩍 재미가 붙으셨다.

저녁이든 새벽이든 간단하게 안부를 전하는데, 칠순 넘은 할아버지가 문자 행간의 뜻까지 알아차려 놀랄 때가 많았다.

"손바닥 안의 휴대폰 하나만 있으면 온 세상 소식을 실시간으로 다 알 수 있고, 모르는 길도 어디든지 안내해 주고… 이런 세상이 올 줄 상상도 못했지."

할아버지는 이렇게 눈부시게 발전하는 세상을 보지 못하고 젊어서 하늘나라에 간 친구들까지 떠올리며 안타까워하셨다.

'우리 선재, 괜찮지?'

'뭐가 힘든 게 있나 보구나...?'

아빠와 그런 것처럼 할아버지와의 텔레파시도 이렇듯 강력했다.

자주 쫓기는 악몽에 시달린다.

꿈에서 깨어나면 실제로 둑길을 달려온 것처럼 숨이 찼다. 이러다 무슨 일이 터지지 않을까, 불안한 예감으로 몸을 떠는 증세도 남아 있다.

인터넷 뉴스를 보다가 숨이 턱 막혔다. 열아홉 살에 스스로 목숨을 버리는 건 용기가 아니라 죄악이라고 소리치고 싶었다.

> 할아버지, 사는 게 뭘까요... 죽으면 천국에 간다면서 사람들은 왜 죽는 걸 두려워할까요?
> 방금 뉴스에 수능시험 앞둔 형이 아파트 옥상에서 떨어졌대요.
> 저는 이해할 것 같아요. 그럴 수 있겠다 싶어요.

쓰면서도 망설이던 문자를 할아버지께 보내고 말았다.

16

우선 멈춤

"할아버지가 곧 도착하신대."

퇴근 시간도 아닌데 엄마가 부랴부랴 집에 오셨다. 쌀 씻는 소리, 냄비 꺼내는 소리... 엄마가 저녁밥 짓느라 분주히 움직이는 걸 오랜만에 본다.

그동안 한 번도 예고 없이 올라오신 적 없는 할아버지는 또 무슨 일인지 모르겠다...

"엄마, 할아버지 마중해서 외식하고 들어오면 되잖아요?"

"날마다 혼자 끼니 챙겨 드시는 분을 어떻게 그래. 아들 집에 오시는데 따뜻한 밥 한 끼는 차려 드려야지."

이럴 때 엄마의 인정이 새롭게 보여진다.

"선재 너... 혹시 할아버지께 무슨 얘기를 한 거니?"

"아, 아뇨. 별 얘기한 거 없는데..."

엄마의 추궁하는 듯한 눈빛을 피해 얼른 지하철역으로 나갔다.

오전에 나누었던 휴대폰 문자가 할아버지를 서울까지 오시게 한 걸까. 보내고 금세 후회되는 문자가 가끔 있는데, 한번 클릭한 뒤에는 취소할 수도 없으니 할아버지가 무심히 흘려보기만 바랄 뿐이었다.

'아, 할아버지!'

바쁜 걸음으로 퇴근하는 인파 속에 할아버지 모습이 보였다. 오른쪽 손으로 지하도 벽을 짚으며 계단을 천천히 올라오는 할아버지는 이미 지쳐 보였다.

"허허, 어떻게 딱 시간 맞춰 나왔구나."

할아버지는 내 어깨를 끌어안고 목이 메는지 몇 번이나 헛기침을 하셨다.

"갑자기 오실 줄 몰랐어요..."

"오냐! 맘 변하기 전에 후딱 올라왔지."

지하철역에서 집까지 걸어가는 동안 할아버지는 몇 번이나 내 기색을 살피고 잡은 손을 매만졌다.

"힘들더냐...?"

나는 대답 대신 할아버지 팔꿈치를 두 손으로 안았다. 항상 내 몸 야윈 걸 걱정하시는 할아버지 팔이 그렇게 가느다란 걸 처음 알았다.

내가 소매 속의 야윈 팔을 자꾸 만지작거리니까 할아버지가 내 손목을 잡고 걸었다.

"심하게 가늘지? 할아버지는 원래 골격이 가늘게 태어났어. 한여름에도 반바지 반소매 옷을 안 입는 거 몰랐구나? 내 나름 그게 콤플렉스거든. 허허허..."

"저도 그런 편인데... 역시 할아버지를 닮은 거네요."

여름철을 몇 번이나 함께 보내고도 눈치채지 못한 일이었다. 공연스레 눈물이 핑 돌았다.

할아버지로 인해 집안은 그야말로 비상사태였다.

오늘처럼 갑자기 올라오신 건 처음이라 엄마는 허둥거렸지만, 덕분에 모처럼 집안에 음식 냄새가 풍성했다. 할아버지를 모시고 들어서자 혜지 누나가 현관으로 달려 나왔다. 프릴이 많이 달린 앞치마를 입은 누나 모습이 낯설었다.

"헐! 누나가 알프스 소녀 하이디인 줄?"

"흥! 하이디처럼 예쁘다는 뜻으로 접수."

누나는 나에게 눈을 한번 흘리고서 할아버지를 공손하게 맞았다.

"어서 오셔요, 할아버지! 그동안 기체후 일향만강 하옵신지요?"

마치 마룻바닥에 엎드려 절이라도 올릴 듯한 몸짓이다.

"오냐, 우리 혜지도 다 괜찮지?"

"물론이지요. 시방 선재 보러 오신 게 아니라 갑자기 이쁜 손녀딸 보러 오신 거 맞지요?"

역시 분위기 어색할 자리에서 혜지 누나의 재치와 애교가 필살기다.

"아버님, 어서 식사 준비부터 해 올릴게요."

누나 혼자 왁자지껄한 가운데 엄마는 잠깐 얼굴만 잠깐 내밀고 주방으로 들어갔다.

"후후, 제가 오늘 저녁 주방 보조 알바 중이에요. 할아버지가 평소보다 두 배쯤 드시면 엄마한테 보너스 용돈을 받을 것 같은데... 부탁드립니다!"

"허허, 고 녀석! 배탈 나면 누가 책임질껴? 평소 먹던 만큼만 맛있게 먹고 보너스 용돈을 할애비가 주는 게 낫지 않을까?"

"무, 물론... 제 주머니에 들어오는 금액만 확보된다면 어찌 되든 좋습니다요...!"

혜지 누나는 연신 방글거리며 할아버지 겉옷을 받아 걸고 입가심할 물도 떠다 드렸다.

엄마와 혜지 누나표 저녁 식사는 성공적이었다.

"고맙구나."

푸짐한 저녁을 먹은 게 오랜만이라는 할아버지 말이 한편 눈물겹고 흐뭇했다. 어부지리인지 일석이조인지, 누나는 엄마와 할아버지께 이중으로 용돈 보너스를 받는 행운아가 되었다.

"녹차 한 잔만 주렴."

빈 그릇만 대충 치워놓고 식탁에 그대로 앉은 채 회의 분위기가 이루어졌다. 엄마도 따뜻한 커피 한 잔을 들고 자리에 앉았다.

"누구보다 어멈이 고생 많지? 잘 알고 있다."

알고 있다는 건 이해한다는 뜻이라고 어디선가 들었다.

아빠의 중국 사업 상황과 직원들 이야기가 나오고, 돈 욕심 없는 아빠 때문에 벌어진 에피소드에는 할아버지도 어이없는 웃음을 보였다. 그렇게 분위기가 편안해진 바람에 혜지 누나도 끼어들 수 있었다.

"할아버지, 우리 가족은 성격이 딱 두 부류로 나뉘어졌어요. 아빠랑 선재는 마음만 있고 말이 없는 운둔형, 엄마랑 저는 생각한 걸 말로 표현해야 개운한 적극 쾌활형..."

"허허허! 혜지 성격이야 좋고말고. 하지만 세 살 버릇 여든까지 간다지 않더냐? 사람 성향을 바꾼다는 건 쉬운 일이 아니란다."

"맞아요, 선재처럼 애먹이는 성격은... 읍!"

엄마 눈치를 본 누나가 자기 입을 틀어막았다.

"아, 아니에요, 할아버지. 우리 선재 잘하고 있어요..."

실은 나도 할아버지한테 죽느니 사느니 긴 문자 보낸 걸 가슴 깊이 후회하는 중이었다. 그래서 결국 누구 입에선가 내 문제가 터져 나올 줄 각오한 일이었다.

"이상하다고 보기 시작하면 세상에 이상하지 않은 게 없지. 우리 선재는..."

말문을 연 할아버지가 몸을 당겨 앉았다.

조마조마하던 일이 시작되었다는 생각이 들자 나는 갑자기 화장실에 가고 싶었다.

눈길이 쏠리는 게 싫어서 안방 화장실로 들어갔다. 거울에 비친 내 모습이 더없이 초라하게 쪼그라져 보였다.

'이 거울을 주먹으로 한 방 치면 요란한 소리 내며 쏟아져 내리겠 지...?'

'제정신이냐, 박선재?'

짧게 들이쉰 숨을 최대한 길게 내쉬었다. 의사 선생님은 평소에도 그 호흡법을 하라는데 꼭 급한 상황에만 비상약처럼 쓸 뿐이다.

한 번, 두 번, 세 번, 네 번... 내쉴 숨이 부족한지 가슴부터 턱까지 덜덜덜 떨리기만 했다.

"에이씨, 어쩌라는 거야...!"

젖은 손으로 거울을 문지르다 소스라치게 놀랐다. 어디부터 보셨을까. 뒤에서 할아버지가 물끄러미 나를 보고 계셨다.

이제 무대는 거실 소파로 옮겨졌다. 할아버지 표정이 조금 전보다 훨씬 단호해졌다.

"선재를 잠시 내가 데려가면 어떻겠느냐?"

할아버지의 첫마디는 화를 눌러 참는 게 역력해 보였다.

"아버님! 선재가 지금 6학년 막바지인데... 무슨 말씀이세요?"

엄마가 내 손을 꼭 쥐고 엄마 무릎 위에 올려놓았다.

"선재가 편안해진다면 학교를 일 년이든 반년이든 쉬어간들 어떻겠니. 다만 두세 달이라도 평화로운 풍경 속에서 아무 걸림 없이 지내게 해 보고 싶은 게 내 마음이다만."

할아버지가 섣불리 꺼낸 말이 아니라는 건 나도 알겠다. 어떤 결정이 나든 내가 더 놀랄 일도 없을 거다.

"아까는 농담처럼 말씀드렸지만, 아범도 사업을 벌여놓고 저를 힘들게 하는데... 아버님까지 왜 그러시는 거예요, 정말!"

엄마가 몸부림치듯 목소리를 높였다. 다행히 화난 게 아니라 간절하게 애원으로 들렸다.

"이제야 선재가 제 자리로 돌아왔으니 다행이지만요. 친구들은 5학년 때부터 중학교 과정을 미리 공부하느라 학원으로 과외로 정신없이 뛰어다니는데... 대책도 없이 중국에서 학교에 다니다가 또 훌쩍 돌아온 녀석이 선재예요. 웬만큼 공부 욕심이 있는 아이들은 초등학교 고학년만 되면 가고 싶은 대학을 정하고 준비를 시작한다던데."

엄마로서 얼마나 답답하겠냐는 말에 할아버지가 고개를 끄덕이셨다.

이번에는 엄마의 훈계가 나한테 이어졌다. 물론 할아버지 들으시라는 뜻도 포함일 터였다.

"잘 들어, 선재. 담임선생님과도 몇 차례 상담했지만... 정 학교 다니고 싶지 않다면 한동안 휴학하는 거, 거기까진 봐주겠어. 하지만 맥없이 노는 건 안 되고 홈스쿨링을 할 거야. 어떤 사정으로 학교에 갈 수 없는 아이들 집에 와서 개인 과외해주는 선생님도 있으니까."

할아버지와 엄마가 보는 내 문제는 극과 극이었다. 누가 틀린 게 아니라 서로 생각이 달라 평행선을 달리는 셈이었다.

"인생을 이제 100년으로 보는데... 그 사이 한두 해쯤 멈추었다 간다고 해서 크게 달라질 거 아무것도 없느니라. 어멈도 살아볼수록 느껴지지 않더냐?"

"아버님, 시간을 좀 주세요. 혜지아범과도 상의를 해야 하니까요."

"그래야지, 그럼. 다만 부탁하는 것은, 부디 선재가 행복한 쪽으로 결정해 주면 고맙겠구나. 당연히 남들 하는 대로 따라가는 게 무난한 인생이겠지만... 살아서 겪는 일들이 죽고 싶을 만큼 괴로우면 당연히 고삐를 돌려주는 게 어른 노릇이지."

엄마가 불편한 자리를 털고 일어섰다.

"그러니까... 어멈은 정 안 되겠느냐?"

이번에는 할아버지 목소리가 완전히 애원하듯 바뀌셨다.

"부모가 한집에 살아도 자식과 살뜰히 눈맞춤 하는 시간이 얼마나 되더냐? 적어도 나는 선재에게 하루에 열두 시간, 아니 스무 시간도 그게 가능한 사람이잖어."

"아버님, 제발... 제게도 생각할 여유를 좀 주세요. 어떤 방법이 좋을지, 선재를 담당한 의사 선생님과도 상의를 해야 해요."

"쯧쯧쯧, 몸 아픈 거랑 마음 아픈 걸 같이 봐선 안 되느니라. 혼자서 남몰래 견디느라 생긴 병은 단 한 사람이라도 외로움을 나누고 풀어주면 되는 것이지..."

할아버지의 고집도 엄마의 반대도 난 모르겠다.

나에 대한 불편하고 부당한 얘기를 남의 일처럼 듣고만 있는 것도
세상 괴로운 일이었다.

"어멈도 내가 이렇게 고집부리는 거 처음 볼 게다. 우리 선재의 경
우는... 오갈 데 없이 닫히고 꽁꽁 언 마음부터 녹여줘야 하느니라."

할아버지가 안 보이는 자리에서 엄마가 마구 도리질을 쳤다.

"아, 지겹다, 지겨워! 이런 상황 싫어... 정말 피곤해!"

끝내 큰소리는 나지 않았다. 하룻밤이 불안하게 깊어갔다.

할아버지는 내 침대에서 먼저 잠이 드셨다.

코 고는 것도 힘에 부친 듯 긴 한숨을 내쉬며 돌아눕는 등이 더욱
야위어 보였다.

'등이 굽으신 건가...?'

끌려 올라간 잠옷을 당기고 할아버지의 등을 살살 쓰다듬었다. 생
전에 할머니는 할아버지가 말 없는 사람인 걸 늘 아쉬워했다. 그러다
하루에 일곱 마디쯤 하면 그날은 말 풍년이 났다며 좋아하셨다.

그런 할아버지가 오직 나를 위해 그 많은 말을 하셨다. 화내거나
흥분하지 않고 그렇게 많은 말을 하셨는데 엄마를 설득하진 못한 셈
이다.

할아버지도 곧 울음이 터질 것 같은 엄마 얼굴을 분명히 보셨을 거
다. 나를 떼어놓는다는 게 엄마한테 그토록 어렵고 납득이 안 되는 일
인 줄 나도 미처 몰랐다.

할아버지 곁에 누웠으나 정신이 또랑또랑할 뿐, 잠이 오지 않았다. 머리맡에 놓였던 책을 들고 방을 나섰다.

"아, 우리 아들!"

거실로 엄마가 뭘 들킨 사람처럼 화들짝 일어섰다. 텔레비전도 안 켜고 불빛도 희미한 자리에서 엄마는 얼마나 깊은 고민을 하고 있었던 걸까. 언젠가부터 엄마의 두통 원인이 아빠가 아니라 나라는 걸 알게 되었다.

"왜 여태 안 자고?"

"그냥... 잠이 안 와요..."

"아하, 할아버지 때문이구나? 무작정 너를 데려가신다니까... 네가 정말 어이없지?"

엄마는 내가 고개를 흔드는 것도 보지 못했다. 적어도 무작정 할아버지 따라나설 녀석은 아니라고 믿고 싶었을 테니까.

"선재야, 엄마를 믿어. 내 일이 아무리 바빠도 너를 시골로 내려보내거나 그럴 일은 없어. 지금이 얼마나 중요한 시기인데... 안 그래?"

할아버지 댁에 나를 억지로 떼어놓았던 유년의 한 페이지를 엄마도 떠올렸는지 모르겠다.

냇가에 물놀이 간 사이, 마루 끝에 내 장난감 박스만 내려놓고 도망가 버렸던 엄마를 원망했던 먼 기억이 생생하게 떠올랐다.

"자식이 아무리 자랐어도 엄마한테는 언제나 아기거든."

엄마가 돌아서는 나를 억지로 끌어안았다.

"아이참...!"

몸을 뒤로 빼며 겨우 엄마 손길을 벗어났다.

"아무리 생각해도 이번엔 할아버지가 참 엉뚱하셨어, 그치? 그런 거절은 얼마든지 해도 돼. 내일 아침에 엄마가 강력하게 다시 말씀드릴 거야. 그럼 되지?"

"아니에요... 괜찮아요."

어떤 경우에도 길게 말하지 못하는 게 내 성격이다. 오죽하면 누나가 단답형 말고 서술형으로 대답하는 걸 연습시켰을까. 결국 속 터져 죽을 것 같다며 두 손 들고 포기했지만 말이다.

"그래, 네 맘 알고말고. 엄마랑 이대로 지내면 되니까 아무 걱정하지 마."

"아니에요. 그렇지 않아요!"

"으응... 뭐가?"

엄마 얼굴이 내 얼굴 가까이 다가왔다.

"설마 선재 너 또...?"

"예. 할아버지 따라갈게요. 지금은... 그게 좋을 것 같아요."

한편 죄송했지만 나는 일부러 엄마 눈을 똑바로 쳐다보고 말했다.

"그러고 싶어요..."

"정신 차려, 선재야! 너 이제 곧 중학생이잖아!"

엄마는 더 말을 잇지 못한 채 가슴을 두드리며 거실만 뱅뱅 돌았다. 그리고 깜빡 잊었던 듯 천정 가운데 샹들리에 큰 등을 켰다.

"선재야... 네가 어떻게, 어떻게 엄마한테 그러니?"

엄마 목소리가 한층 낮아지며 떨렸다.

"그전에 중국으로 가던 상황보다는 지금이 낫잖아요."

중국말도 제대로 배우지 못한 채 원주민 학교에 가서 지낸 걸 잊었나 묻고 싶은 걸 참았다.

"예전이나 지금이나 앞으로도 계속 엄마는 바쁠 거잖아요. 아빠가 중국에서 머무르는 동안에는 베트남 출장도 엄마가 가게 될 거라 들었어요. 그러니 제가 집에 없는 게 엄마도 편하실 거예요..."

나도 모르게 내 입에서 서술형을 넘어 논설문 같은 긴말이 나왔다. 그만큼 엄마를 설득하고 싶었나 보다. 아니 할아버지를 따라가고 싶은 마음이 굳어진 거다.

어차피 혜지 누나는 이모 댁에서 살다시피 하는 했다. 한 살 아래 사촌동생 형지와 워낙 친해서 학교와 학원을 함께 다니니, 혜지 데리고 있는 게 형지 누나한테도 좋은 영향을 준다고 했다.

"엄마는 제 말조차 들어줄 시간이 없잖아요. 학교에서 무슨 일이 있든 마음이 괴롭든 어쩌든."

"아, 미안! 그러니까 지금부터 말해. 뭐든 다 들어줄 테니."

"이젠 아니에요. 그 순간이 아니면 안 되는 때가 있었어요."

이렇게 또박또박 말대꾸한 적이 있었나 모르겠다.

"어흑, 얘가 무슨 소리를 하는 거야? 그렇잖아도 머리 아파 죽겠는데 더 이상 어쩌라고...!"

엄마가 흥분하는 모습이 안타까웠다.

'그거 보세요. 엄마는 제 말을 두 마디도 알아듣지 못하고 있어요...'

그럴수록 집을 떠나고 싶은 마음이 굴뚝같았다.

"네 아빠는 이럴 때 함께 있어주면 좀 좋아! 돈도 안 되는 일에 매달려 고생은 고생대로 다 하고... 도움이 안 된다니까!"

아빠를 공격하는 그 말이 내겐 또 꼬투리가 되었다.

'할아버지 댁으로 갈 거야. 엄마를 편하게 해 주기 위해서라도.'

학교 따위, 친구 따위... 그리워질 때까지 떠나 있고 싶었다. 아빠한테 가는 일보다는 덜 번거롭고 덜 복잡한 일이니까. 무엇보다 언제나 내 편을 들어주는 할아버지 곁이라니!

지진 난 것 같은 머리를 감싸 안고 뒤척이다 언제 잠들었는지 모르겠다. 할아버지 목소리에 정신이 들었다.

"에구, 이 녀석을! 몸이고 맘이고 이토록 쇠약해져서... 베개가 흠뻑 젖도록 땀 흘린 것 좀 봐라. 자다가 헛소리하는데 내가 정말 속상해서...!"

엄마와 혜지 누나까지 내 침대 머리에 와 있었다.

할머니 장례를 치르는 동안에도 보이지 않던 할아버지의 눈물에 내가 더 당황스러웠다.

"아버님, 선재 헛소리가 심했어요?"

"내 보기에 단순히 잠꼬대가 아니더라구. 그동안 통 몰랐더냐...?"

"만날 문 닫고 혼자 자니까 알 수 없지요. 자다가 우는지 웃는지..."

"헛소리뿐이냐, 온몸에 식은땀을 흘리며 버둥거리는데 기가 막혀서..."

나는 죄인처럼 온몸을 오그린 채 눈을 감고 있고 엄마도 더 이상 말을 잇지 못했다.

"어멈도 아침부터 놀랐겠구나. 이제 괜찮아질 거다..."

역시 우리 할아버지다. 시원찮은 자식이 잠잘 때 한 번이라도 들여다본 적 있느냐는 질책 대신 엄마 어깨를 두드려 주셨다.

"함께 내려가자. 사람이 우선 살고 봐야지, 할애비랑 가서 좀 쉬자꾸나..."

설거지하는 엄마 어깨가 사뭇 흔들렸다. 우는 게 뻔하지만 나는 곁으로 다가가지 못했다.

'엄마, 우선 갈게요...'

아직 못다 한 말은 언제 다 하게 될까. 그런 날이 오기는 올까?

언젠가 누구에게든 축대처럼 단단히 쌓인 그 말들을 털어놓고 나면 비로소 내 안에 맑은 강이 흐를지 모른다. 그래도 끝내 못다 한 말은 세상 떠날 때까지 남아있는 거라는데.

17

새는 왜 지저귈까

할아버지 댁에 와서부터 꿈도 없이 깊은 잠을 잤다.

"이 녀석, 실컷 더 자지, 왜 벌써 일어나?"

날마다 할아버지의 첫 아침 인사에 빙그레 웃음이 났다.

서울 집에서는 이런 말을 상상이나 했을까?

"쫏쫏쪼, 끼옥끼옥, 피로롱피로롱..."

가장 큰 소리로 깍깍대는 까치와 더불어 갖가지 새소리가 열어주는 참으로 맑은 하루였다.

하루도 빠짐없는 아빠의 아침 문자 배달에 어제는 청량한 새소리를 녹음해 전송했다. 할아버지 댁에 내려간다니까 망설임 없이 '참 잘했다'고 호응해 준 아빠였다.

그 일로 엄마와 트러블이나 안 생겼는지 뒤늦은 걱정이 들지만 내가 행복하니 그만이다.

　담 너머 텃밭에 물 주는 주황색 호스를 길게 늘이고 샘물을 틀었다. 아침 햇살을 만난 물줄기가 허공에다 영롱한 무지개를 만들었다.
　"해 나기 전에 밭에다 물을 듬뿍 먹여 놓으면 말이다. 쑥갓이랑 아욱이랑 모든 채소들이 몸에 묻은 물기를 털면서 싱싱하게 일어나곤 하지. 가만히 지켜보노라면 자연의 이치가 얼마나 재미있고 신기한지...그게 농사의 참맛인가 싶단다."
　할아버지 혼자 쓸쓸하지 않느냐고 묻는 이에게 온 세상 자연이 다 친구인데 어찌 심심하겠느냐고 대답했다는 할아버지 말이 정답인 셈이다.
　"누굴 미워하면 말이다. 미움받는 사람보다 미움을 지니고 사는 사람이 괴로운 법이란다. 그 손해 나는 짓을 뭐하러 해?"
　"아, 맞아요! 꽃길을 걸으면 꽃길이 좋은 게 아니라 우리가 좋은 것처럼."
　"허허, 요 녀석 보게. 할애비랑 말의 급수가 같은걸?"
　할아버지와 있는 동안은 시간마다 배우고 깨닫는다. 무엇이든 긍정적으로 바라보기, 설령 어려운 일이 닥쳐도 누구에게나 지나가는 일이라고 알아차리기...
　이렇게 살아오신 할아버지의 내공은 세월이었을까.
　아침마다 개운하게 깨어났다가 다시 잠을 청하는 여유를 만끽한다.

이불깃 꼭꼭 여며주고 조용히 바깥으로 나가는 할아버지... 이불속에서 눈만 빼꼼 내놓고 방안을 둘러보면 아직도 할머니 손길 닿은 흔적들이 고스란히 남아 있는 게 정다웠다.

열두 조각의 린넨 손수건을 이어 붙여 만든 창문 가리개는 세상 하나밖에 없을 작품이었다. 헐거워진 문고리를 떼고 동그란 솜뭉치를 누비천으로 감싸 매달아 놓은 아이디어도 최고다.

'지금 할머니가 계시면 얼마나 좋을까...!'

그리운 할머니를 떠올리는데 문득 엄마 모습이 겹쳤다.

"이그그... 그만 좀 일어나라, 제발!"

가끔 환청으로 듣는 엄마 목소리다.

'혜지, 선재, 어서 일어나라니까!'

광목천을 찢는 것 같은 소프라노 음색에 꾸지람과 귀찮음과 피곤함이 범벅되어 있곤 했다.

'병원 먼저 갈래, 학교 먼저 갈래? 엄마 바쁘니까 어서 정해!'

내가 밤새 몸살을 앓고 난 아침에 출근 준비를 서두르며 하면서 다그치던 엄마 표정도 가슴속에 따로 오려 넣은 한 장면이다.

절대로 '하루만 집에서 쉬고 싶어요...'라고 말할 수 없는 분위기였다. 결국 학교에서 채 2교시를 마치지 못한 채 고열로 쓰러져 엄마를 달려오게 했던 그런 날도 있었다.

"아침을 간단히 먹자꾸나,"

할머니를 잠시 여행 보낸 듯 평온하게 할아버지는 식사 준비를 하고 집 안팎을 가다듬었다.

누룽지를 끓이면서 밑반찬 서너 가지 챙겨 밥상을 차리는 건 15분이면 되는 일이었다.

"선재랑 있으니 할아버지가 더 좋구나! 입맛도 훨씬 나고..."

한창 중학교에 다닐 손자가 휴학을 하고 대책 없이 시골살이 중인게 마냥 좋은 일 아닌데도, 할아버지는 나와 눈만 마주치면 온화하게 웃어보였다.

덕분에 스트레스 지수 제로! 생각보다 훨씬 평화로운 나날이다.

할아버지께 간밤에 읽은 재미난 이야기를 해 드렸다.

"아주 멋진 시인의 수필이에요. 어느 날 지친 몸으로 산을 오르는데 〈사는 게 왜 지겨울까요?〉라는 푯말이 있더래요. '그러게나 말이다...' 공감하며 올라갔다가 한층 마음이 평안해져서 산길을 내려왔대요. 올라갈 때 본 푯말을 다시 자세히 보니 거기엔 〈새는 왜 지저귈까요?〉라고 써 있더랍니다."

내가 옮겨놓은 말에 할아버지가 유쾌하게 웃으셨다.

"그 봐라, 그래서 사는 일은 마음먹기 나름이란다."

아름다운 한 문장, '사는 게 왜 지겨울까'와 '새는 왜 지저귈까'의 차이를 생각하며 나도 오랜만에 명작을 읽은 듯한 기쁨을 느꼈다.

생각하기 나름을 실천하는 건 우리 할아버지였다. 국이 싱거우면 간장 한술 더 넣고, 된장찌개가 짜면 두부 반 모 더 썰어 넣고... 수십

년 동안 할머니가 해주는 음식을 먹으면서 저절로 익혀진 내공일 터였다. 유난히 맛있는 국물내기 비법이 멸치와 마른새우 가루라는 걸 알고부터 나도 요리에 슬슬 호기심이 생기는 중이다.

내가 이따금 수채화를 그리는 일, 책을 보는 일... 할아버지는 그런 나의 모습이 진짜 잘사는 모습이라며 엄지를 치켜세우셨다.

끊임없이 출간되는 새 책들이 요즘 내 관심사가 되어 있다. 얼마 전에 눈치 구백 단 혜지 누나가 부쳐준 참고서 박스 위에 놓였던 엽서 한 장은 책상 위 벽에 붙여두었다.

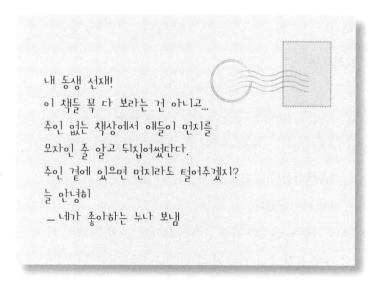

내 동생 선재!
이 책들 꼭 다 보라는 건 아니고...
주인 없는 책상에서 얘들이 먼지를
모자인 줄 알고 뒤집어썼단다.
주인 곁에 있으면 먼지라도 털어주겠지?
늘 안녕히
_ 네가 좋아하는 누나 보냄

엽서를 볼 때마다 혜지 누나 재치에 웃음이 난다.

'영감' 다음에 내가 얻은 별명이 '책벌레'였다. 책 속에 길이 있다는 말을 요즘 들어 이해할 것 같다. 읽는 것으로 학업 점수를 주는 세상이 왔으면 나는 참 좋겠다.

지난번 엄마 편에 누나가 챙겨 보낸 수채화 도구 역시 센스 만점이었다. 오래 묵혀둔 내 취미까지 간파한 혜지 누나를 어떡하면 좋을까! 고마운 마음에 이모티콘 섞어서 인사를 했다.

> 누나, 이곳 풍경 보면서 내가 오랜만에 그림 그리고 싶은 마음이 생겼다는 거... 말 한 적 없는데 어찌 알고?

누나의 답장은 딱 네 글자였다.

> 텔레파시!

아빠가 중국 사업장을 정리한다는 소식이 왔다. 이제는 가정으로 돌아와 안주하겠다는 약속에 엄마가 골치 아픈 뒷정리를 맡아 해 주면서도 행복해하셨다고 했다. 모른 체하며 좋은 날을 기다리라는 누나의 은밀한 귀띔이었다.

"아버님 덕분에 선재가 아주 편안해 보여요. 고맙습니다...!"

"어멈 두루 신경 많이 쓰는 거 다 안다. 할멈이 떠나면서 가장 안타까운 사람이 혜지어멈이었을 거다. 그런 말을 자주 했거든."

"아범 일도 잘 마무리될 겁니다. 그보다 더한 일도 겪었는데, 그 정도는 제가 할 만하니까요."

할아버지가 옥란 할머니 손길처럼 애틋하게 엄마를 다독여 배웅해 주셨다.

"이제 네 식구도 다 함께 모여 살아야지. 대학 가고 군대 가고... 그러다 보면 부모 자식 다 함께 모여 사는 세월이 길어봐야 20년 남짓이란다."

그렇다면 누나가 열다섯 살이나 된 우리 가족이 다 모여 살아갈 날이 겨우 5년 남짓이다. 당장 모인다 해도 말이다. 할아버지의 깊은 마음을 나도 안다.

언제쯤일까.

마침내 네 가족이 모여 사는 우리 집, 노란 불빛과 도란도란 정다운 이야기로 밤이 무르익는 동화 속의 집처럼 행복할까. 생각만으로도 콧등이 찡해왔다.

엄마가 다녀가신 뒤 생각이 많아졌다. 일기장에 꼬박꼬박 적어두는 내 마음을 엄마가 짐작이나 할까.

참견이나 충고 한 마디 없이 할아버지가 몸소 보여주는 따뜻한 배려와 사랑받는다는 느낌으로 인해, 내가 천천히 일어서고 있다는 걸 언제쯤 말할 수 있을지 모르겠다.

그날 할아버지를 도와 저녁 밥상을 차리는데 기분이 새로웠다.

호박잎 된장찌개와 샐러드가 주메뉴였다. 연한 호박잎을 따서 까실까실한 껍질을 벗겨 대충 으스러뜨린다. 쌀뜨물에 된장과 큰 멸치와 다시마 한 조각... 나 혼자도 할 수 있을 만큼 간단하다. 호박잎 넣고 한소끔 더 끓이다 두부, 파, 마늘을 넣고 간 맞추면 끝!

채소샐러드는 내가 특히 좋아해서 할아버지가 자주 해 주시는 메뉴였다. 색깔도 고운 샐러드 재료는 텃밭에 나가면 얼마든지 있었다.

먹을 수 있는 잎과 뿌리를 다듬어 썰고, 계란이나 새우가 있으면 삶아둔다.

엄마가 마트에서 사다 먹는 샐러드드레싱을 할아버지는 집에서 뚝딱 만든다. 떠먹는 요구르트에 매실청과 들깨가루를 섞고 마요네즈와 소금 간을 약간 더하면 그만이다. 게다가 호두나 땅콩 등의 견과류를 대강 부숴 넣으면 금상첨화다.

"콩밥 섞어서 퍼 줄 테니 먹으렴."

읍내 병원에 젊고 친절한 주치의를 정한 뒤부터 할아버지의 식단에도 변화가 생겼다. 가능하면 채소반찬과 생선과 잡곡밥을 정성스럽게 챙겨 드시니 다행이었다.

"할아버지는 의사 선생님한테 우등생 환자겠어요."

"허허허, 내가 우등생이 아니라 그 선생님이 최고 의사란다. 언제 한번 보렴."

등을 구부리고 밥을 푸는 할아버지 옆모습이 처연했다.

"할머니가 할아버지랑 오래오래 계셨으면 좋았을 텐데..."

겨우 할아버지의 쓸쓸함을 위로한다고 꺼낸 말이다.

"행복하거나 불행하거나, 그것 또한 생각하기에 달린 일. 밤톨보다 작은 소갈머리로 사는 사람도 있고 땅콩 반쪽만도 못한 이득을 보겠다고 다투는 이들도 많은 세상이란다."

내 소갈머리가 밤톨보다 작을까 클까를 가늠해 보다 혼자 웃었다.

'크크. 감히 밤톨까지 바라다니! 너나 나나... 겨우 콩만할껴, 그것도 쥐눈이콩...'

누나라면 그렇게 말하고도 남았을 거라는 생각 때문이다.

"내년 봄부터는 효소랑 장아찌를 담가 볼까!"

미나리아재비가 만개하고 민들레 홀씨 날리는 늦봄이면 할아버지 마음이 들뜬다고 하셨다.

"옥란 할멈은 4월부터 야생초를 따러 다니느라 바빴지. 당귀, 취나물, 짚신나물, 약쑥, 질경이, 솔잎, 달맞이꽃... 수십 가지 야생초를 모아 효소를 담는데, 예약 주문받은 물량을 채우는 일만으로도 눈코 뜰 새 없었단다."

그 계절이면 전화 받을 새도 없다던 할머니였다.

매실이 겨우 손톱 만하게 매달렸는데, 매실효소랑 장아찌 예약주문이 마감되었다며 엄마와 통화할 때면 자랑이 넘치곤 했다. '옥란네 점빵', 마루 기둥에 크레파스로 자기 이름을 커다랗게 써놓고 그리도 즐거워한다며 할아버지가 어이없어하던 기억도 난다.

매실청, 매실장아찌, 매실잼... 돈 받고 팔면서도 할머니 나름의 원칙이 몇 가지 있었다.

맞벌이 '직장맘'에게는 친절히 담아 보내고, 전업주부인 '살림맘' 젊은 엄마들은 맛보기 정도만 보내주며 쪽지를 함께 넣었다.

우선 맛보세요. 입에 맞거든 담는 방법을 가르쳐 줄 테니 시간 내어 한나절 댕겨가요.

젊은 주부가 내 식구 먹을 음식을 직접 만들면 더 좋지 않을까? 직장 가서 돈 버는 것보다 전업주부 일이 더 보람 있고 알찬 법이라는 할머니의 주장이었다.

와서 배우고 직접 만들어 가면 공짜!

그리하여 봄 한 철 주말이면 할머니께 효소나 장아찌 담는 법을 배우러 오는 젊은 주부들이 늘어났다. 할머니 속옷도 사오고 수건도 한 박스씩 사오고... 찾아오는 사람이나 맞이하는 할머니나 서로 끈끈한 정이 넘쳐났다.

무엇이든 더 나눠주고도 할머니는 주머니 두둑하게 돈 벌었다고 아이처럼 기뻐하시곤 했다.

그들이 한나절 짐 풀고 친정집처럼 지내다 돌아간 사랑방에는 가끔씩 예쁜 꽃봉투가 하나 남아 있곤 했다. 보너스로 생긴 돈으로는 과일잼을 넉넉히 만들어 다녀간 이들에게 보내주고서야 마음이 편해진다는 할머니였다.

그렇게 한 철을 보낸 할머니는 꼭 며칠씩 몸살을 앓곤 했다.

'할멈 몸이 소중하지, 고단하게 몸 망쳐 가며 그깟 돈을 벌어 뭐하느냐'는 할아버지의 질책은 진심이었다.

"무슨 말씀! 한평생 당신이 주는 돈으로 살림하며 살았는데... 늘그막에 내 솜씨로 돈 벌어서 당신 옷도 사고 고기도 사 드릴 수 있으니 좀 좋아요? 손주들 운동화라도 사 주면서 나는 스스로 장해 죽겠는데... 영감님은 왜 그러시나 몰라!"

자꾸 야위어 가는 할머니를 걱정하던 할아버지 말을 그때는 왜 귀담아듣지 않으셨는지 두고두고 안타깝다.

18

다람쥐와 아몬드쿠키

내가 유일하게 좋아하는 간식이 아몬드쿠키다. 맛난 과자가 숱한데 왜 한 가지만 먹느냐는 누나의 구박 속에 고집스럽게 지켜낸 간식이다.

"어이쿠, 우리 선재 까까가 어느새 다 떨어졌네?"

할아버지는 자전거를 타고 일부러 이웃마을 슈퍼마켓까지 다녀오시곤 했다.

그런데 이상한 일이다. 언제부턴가 한 봉지를 뜯어먹다 남기면 쿠키가 두세 개씩 없어졌다. 마루 탁자에 놓은 날도 문턱에 놓은 날도 쿠키가 없어지니까 당연히 할아버지가 맛보시는 줄 알았다.

"난 그런 거 입에도 안 댄다. 구식 입맛이라 뻥튀기 정도나 먹을까 원..."

가끔 눈에 띄는 잠자리나 귀뚜라미가 먹을 리도 없으니 쿠키 도둑을 찾아야 했다.

다음 날, 일부러 쿠키 세 개를 현관 입구에 놓았더니 역시 감쪽같이 사라졌다.

"누가 이기나 보자구!"

쿠키 자리를 옮겨 놓으며 동정을 살폈다. 심심한 중에 그것도 놀이라고 가슴이 쫄깃했다.

"눈감아 주렴. 쬐그만 몸뚱이로 먹을 걸 찾느라 집안까지 들어오니... 가엾구나!"

할아버지는 이미 알고 계신 거였다. 그래서 잠자리에 들 때나 외출할 때면 마루문을 한 뼘쯤 열어두셨다. 방에서 나오다 안마당에 다람쥐가 서성거리면 '쉿!' 입을 막고 숨을 죽였다.

"짐승이라도 최소한의 양심은 있나 보더라. 아무리 여러 개가 있어도 쿠키를 두세 개 이상 가져가는 법이 없더라니까."

"정말 그럴까요?"

다람쥐와 재미난 숨바꼭질을 해 시도했다.

쿠키 10개가 들어있는 봉지를 뜯지 않고 창문턱에 올려두었다. 물론 숨어 볼 수 있게 문을 조금 열어 두었다.

저녁 무렵 다람쥐가 소리도 없이 달려왔다. 그 녀석도 우리가 방에 들어가는 걸 망보고 있었던 모양이다. 쿠키 봉지 앞에서 고개를 갸웃 망설이는 듯했다.

"히힛, 봉지를 뜯을 줄 모르나 봐."

"이걸 봉지째 가져가도 되나 어쩌나 고민하는 거겠지. 양심 다람쥐라니까."

내가 웃는 바람에 다람쥐가 멈칫했다. 그리고 쿠키 봉지를 물고 쏜살같이 달아나 버렸다.

"오, 쥐도 새도 모르게 한다더니... 정말 잽싸다...!"

문제는 다음날이었다. 하루 종일 다람쥐가 나타나지 않았다. 다음, 그 다음날까지.

"무슨 일이 생겼나?"

며칠 동안 신경 쓰면서 정이 들었는지 할아버지는 도둑 다람쥐를 은근히 기다렸다. 방안까지 들어오던 녀석이 사라져 버리니 나도 마음이 쓰이기는 마찬가지였다.

다람쥐는 다시 오지 않았다. 사흘, 나흘... 일주일이 넘도록 발길을 끊고 만 것이다.

"내가 잘못한겨. 풀도 나무도 사람 말을 알아듣는다 주장하면서... 펄펄 살아 돌아댕기는 짐승을 함부로 대했네그려."

며칠 뒤, 옆집 할머니 덕분에 궁금증이 풀렸다.

"뜯지도 않은 과자가 왜 창고 앞에 있대요?"

할머니가 들고 온 건 다람쥐가 물고 나간 그 쿠키였다.

"그거 다람쥐 간식인데 왜 안 먹었나 모르겠네..."

"아하! 다람쥐가 거기서 새끼를 낳아서 키웠구나! 며칠 전 새벽에 두 마리 새끼를 이끌고 숲으로 가는 걸 봤어요. 어찌나 귀엽던지...!"

"와, 정말이에요?"

할아버지를 따라가 창고 문을 열어 보았다. 뒷산 오르는 길에 잇닿게 지은 창고는 쓰지 않는 옛 물건들만 쌓여있어 몇 달 동안 들여다 볼 일 없던 창고였다.

귀퉁이가 닳아버린 광주리 안에 흔적이 고스란히 남아 있었다. 고운 검불을 모아다 깔고 새끼를 낳아 키우는 동안 사람의 기척에 얼마나 마음 졸였을까. 아몬드쿠키를 포기하고 떠나버린 다람쥐 가족의 온기가 전해져 콧등이 시큰했다.

"벌목하느라 온 산이 한창 시끄러울 때 내려왔나 보다. 숨어서 큰일 치르느라 애썼네..."

할아버지가 한참 동안 창고 문을 닫지 못했다.

"쯧쯧쯔... 이러니 눈물 흘리는 짐승을 함부로 할 수 없다고 하는 겨."

눈물 흘리는 짐승이란 말에, 5학년 때 담임선생님이 생각났다.

대학을 갓 졸업한 선생님은 키 큰 여자애들 틈에 섞이면 그 또래로 보일 만큼 키도 작고 앳된 모습이었다.

마음마저 여리고 순수해서 작은 사건에도 눈물부터 글썽이던 분이었다. 학예회 총연습 날 엄마들이 간식으로 가져온 치킨을 못 먹는 바람에 선생님이 채식주의자인 게 알려졌다.

"미안해. 어려서부터 눈물 흘리는 짐승 고기는 못 먹어서..."

이상할 게 없는 대답이었건만, 철없고 드세기만 한 남자아이들이 와와 웃어댔다.

"와하하, 선생님 정말 웃겨! 닭이 눈물 흘리는 거 보셨어요?"

"꿀돼지가 눈물 흘리나요?"

"우히히, 채소들도 자르고 씹히면 아플걸요?"

내가 선생님을 좋아하지 않았다면 가만히 있었을 텐데, 그만 참지 못하고 나섰다.

"야, 그만! 소가 눈물 흘리는 건 내가 분명히 봤어. '병아리 눈물만 큼'이란 수식어도 몰라?"

가당치도 않은 말싸움으로 선생님을 돕기는커녕 난관에 빠뜨린 기억이 낯 뜨겁게 떠올랐다.

그 당시 우리 반 짱 먹던 갑규가 날 두고 벼른다는 말을 들었다.

'왜 그랬을까...?'

나를 유난히 싫어하는 티를 내던 갑규 얼굴이 떠올랐다. 그 애의 표현처럼 '재수 없는 아이'는, 내가 미처 깨닫지 못한 나의 성향인지도 모를 일이다. 갑규 앞에서 내 편을 들어준 친구가 한 명도 없던 걸 봐도 그렇다.

요즘 자주 내 성격을 다른 경우에 대입해 보는 버릇이 생겼다. 내가 옳다고 고집해 온 생각이 아닐 수도 있다는 소름 돋는 자각을 한다.

여러 가지 생각으로 쓸쓸하게 저녁을 맞았다.

19

새봄을 닮은 사람

평일인데 엄마와 아빠가 불현듯 함께 다녀가셨다.

당일로 오가느라고 겨우 점심 한 끼 먹을 동안 나눈 이야기가 전부였다.

"선재는 암껏도 안 하니까 마냥 좋은가 보구나...!"

엄마가 한숨을 쉬는 걸 보고 모른 체 돌아섰다. 나에게 눈길도 주지 않고 가져온 내 책과 옷을 정리하는 엄마를 보기 죄송스럽긴 했다.

"하룻밤도 못 묵고 가서 미안하구나!"

실은 할아버지 건강이 염려되어 아빠가 잠시 귀국한 김에 기색을 살피러 온 듯했다. 한 달에 한 차례씩 서울의 대학병원에서 검진하고 관리받던 할아버지가 발길을 끊은 지 오래니까 걱정될 만도 했다.

"당뇨도 고혈압도 어차피 쉽게 나을 병이 아니라니 친구 삼기로 했느니라. 성 안 나도록 달래고 살펴가며 사이좋게 지내야지."

대학병원에 올 때마다 밥 먹기 두 시간 전에 피검사, 식사 후에 또 피검사... 그리고 두세 시간을 더 기다려야 진료 차례가 되었다.

"잡곡밥 드시고 꾸준히 운동하면서 시간 맞춰 약 드세요. 그럼 한 달 후에 뵙지요."

"아, 그런데요... 의사 선생님께 한 가지만 여쭤볼 게..."

"죄송합니다만, 다음 환자 예약 시간이라서요. 나머지 설명은 간호사한테 들으세요."

궁금한 게 너무 많은데 할아버지의 질문을 귀담아 들어주는 의사는 없었다고 했다.

텔레비전에도 나오는 유명한 의사한테 말을 붙이지도 못하고 떠밀리듯 진료실을 나온 날, 할아버지는 다시 이 병원에 오지 않겠다고 마음을 굳혔다.

"어디 의지할 데도 상의할 데도 없다는 사실에 한동안 우울했단다. 먼저 간 옥란 할멈 생각이 어찌나 나던지..."

"그러니까 큰 병원 진료에 의지하셔야지요. 요즘 세상에는 어쩔 수 없어요, 아버지."

"허참, 괜찮대도. 읍내 병원에서 사람대접 받으며 잘 조절하고 있다니까!"

할아버지는 요즘 몸이 한결 가볍고 편안하다고 했다.

지나갔으니 하는 얘기다만…

할멈 보내고 나서 참으로 황망했어. 한동안 마음 붙일 곳 없어 헤매다 보니 식욕도 혈당도 뚝 떨어지더라고.

나이가 들고 보니 몸이 예전 같지 않아. 작년 다르고 올해 다르다는 말이 실감나더라구… 한두 끼니만 못 챙겨 먹어도 손이 벌벌 떨릴 만큼 기운이 가라앉더구나.

이대로 딱 사나흘만 누워서 굶으면 할멈 간 곳으로 가겠구나, 그런 방법도 생각했을 정도로 의욕이 떨어진 상태였지.

거의 한나절 동안 넋 나간 사람처럼 무심히 마루 끝에 앉아 있었단다.

그런데 언뜻 욕심이 또 생기는 거야.

이웃집 아흔이 다 된 친척 아재는 올해 농사를 혼자 짓고 도시의 자식들에게 나눠주는 게 큰 낙이라며 씩씩하게 사는데… 하물며 아기 주먹만 한 참새들도 살아보겠다고 곡식이나 굼뜬 벌레를 찾아 재빨리 돌아다니는데 나는 왜 이러는가…

영양제 주사라도 맞을까 하고 읍내 나갔다가 농협 건물 2층에 새 병원이 생긴 걸 발견했지. '새봄의원', 첫눈에 이름부터 얼마나 곱고 환해 보이던지.

막 점심시간이 지났을 때 들어갔더니 앳된 여의사가 입에 뭘 오물거리며 진료실로 들어오더구나.

"아고고! 죄송합니다. 오늘이 장날이다 보니 오전 환자가 많아서 제가 점심을 못 먹었거든요."

나를 보자 입에 든 걸 꿀꺽 삼키면서 함빡 웃는데, 그 맑고 친절한 표정만으로도 병이 반쯤은 낫는 느낌이었지.

"아버지, 이거 하나 맛보시겠어요?"

종이봉투에서 따뜻한 호두과자를 꺼내 주는데, 의사라기보다 맘 고운 손녀딸 같았단다. 우리 혜지도 나중에 그리될 거 같은 예감으로 마음 한편이 뿌듯했지.

"앞서 다녀가신 환자분이 이걸 한 봉지 사 갖고 다시 오신 거예요. 장날이라 바빠서 점심 끼니 제대로 못 챙기는 제가 불쌍해 보였나 봐요. 호호호!"

아버지, 아버지라니... 할머니 환자들한테는 분명 어머니라고 부르겠지?

어쩌면 나이 든 시골 환자들의 은근한 소외감과 자격지심을 알아차렸는지도 모르지.

암튼 그 친절함에 마음이 풀어져서, 나도 모르게 대학병원 특진의사가 들어주지 않은 상담 겸 하소연을 마음껏 늘어놓았단다.

솔직히 아픈 것보다 나로 인해 바쁜 자식들 신경 쓰게 할까 봐 걱정이라고 고백도 했지.

"아, 아버지... 그러니 얼마나 더 힘드셨어요?"

새봄 의사 선생님이 내 손을 덥석 잡는 게 아니겠니.

"제가 고쳐드릴게요, 아버지. 한번 믿고 따라주시겠어요? 그런데 말이지요… 아버지 연세가 드셨으니 병이 완전히 없어지지는 않을 수도 있어요. 하지만 사시는 동안 편안하도록 그걸 도와드릴게요. 그럼 되지요, 아버지?"

"그럼그럼! 고마워요, 마음씨도 새봄 같은 선생님…"

병원에 한 달에 한번 오라지만 그리 자주 안 가도 될 것 같아.

집으로 돌아오는 길에도, 집에 돌아와서도 새봄 선생의 말이 어찌나 믿어지고 힘이 나던지, 당장 된장찌개 바글바글 끓여서 밥 한 그릇 뚝딱 먹었단다.

"아휴, 하루에 이렇게 여러 가지 약을 드셨군요. 이걸 다 먹으면 배부르겠는걸요?"

새봄 선생은 그동안 내가 먹던 약을 줄이는 처방부터 내렸다. 하루에 만 이천 걸음 이상 걷는 운동을 권하면서 휴대폰에 걸음 수가 표시되도록 다운받아 주기도 했다.

"이게 어르신들의 숙제예요. 어느 분은 만 보를 못 채운 날 밤에 방 안을 수십 바퀴 도셨다고 해요. 어지러워 쓰러질 뻔했다고… 호호!"

내가 너무 자신만만했나 봐. 뒷동산만 한 바퀴 다녀와도 만 걸음이 될 거라고 했더니 금세 만 오천 걸음으로 숙제가 늘어난 거야.

"아버지, 꼭 약속하신 거예요? 허리와 다리 근육도 튼튼해지고 입맛 좋고 소화도 잘되고 또 뭐더라? 아참, 밤에 깊은 잠을 주무실 수도 있어요."

어떤 날은 우두커니 있다가 새봄 선생의 캐치프레이즈가 떠올라 벌떡 일어나곤 하지.

<걸으면 신나게 살고 안 걸으면 누워서 산다!>

걸으면 살고 안 걸으면 '죽는다'가 아니라 '누워서 산다'라는 게 얼마나 재치 있는지!

새봄 선생은 나를 다시 살게 한 은인이란다. 그야말로 참 좋은 인연.

나쁜 말은 한 사람의 뇌 속에 끝까지 살아남아서 상처가 되고, 좋은 말은 묵은 상처까지 치유해 주는 힘이 있다고 한다.

처음 본 할아버지 환자를 서슴없이 '아버지'라고 부른 새봄 선생님이 궁금했다. 그분을 만나기 위해 나도 어디가 좀 아파야 하나 어쩌나... 실없는 생각을 하며 혼자 웃었다.

어쨌든 처음 털어놓은 할아버지의 사연은 해피엔딩이다.

이제 할아버지 건강에 대한 걱정 하나는 덜고서, 한층 가벼워져서 돌아가는 엄마 아빠의 뒷모습이 모처럼 연인 같았다.

"잘 지내, 아들...!"

뒤돌아보지도 않고 손만 높이 흔드는 엄마의 안타까운 심정을 나는 안다. 알고도 남는다.

저녁때가 다 되었다.

엄마 아빠와 어수선하게 보낸 하루라 더 짧게 느껴지는지도 모르겠다. 할아버지가 텃밭에 가신 사이 나는 벽에 기대어 깜빡 졸았다.

"아니, 새봄 선생이 여기까지... 진짜 찾아오셨단 말이오?"

"물론이지요. 설마 저와 약속한 걸 아버지는 잊으셨단 말인가요?"

"허어, 정말 뜻밖일세. 혹시 하루 종일 귀 가렵지 않던가요? 아까 다니러 온 아들 며느리한테 새봄 선생 얘기를 많이 했는데..."

"앗, 제 흉보셨군요! 어쩐지 귀가 간질간질하더라니... 호호호호!"

대문 밖에서 혜지 누나보다 더 청량한 목소리가 들렸다. 이어지는 웃음소리가 아이들처럼 높고 맑았다.

말로만 듣고 궁금하던 새봄 선생님이었다.

'한 달 이상 병원에 안 오시면 제가 왕진 나갑니다. 저는 아버지의 주치의니까요. 마침 그 동네를 제가 잘 안답니다.'

무심코 했던 약속을 정말 지킬 줄 몰랐다며 할아버지는 미안해 어쩔 줄 몰라했다.

"언제든 한 번 와 보고 싶었어요. 이쪽은 아버지 인생의 베스트프렌드 선재군, 맞지요?"

할아버지는 어느새 내 프로필까지 알리셨을까.

대학생 누나처럼 산뜻하게 젊은 새봄 선생님이 내민 손을 맞잡는데 어쩐지 가슴이 쿵쾅거렸다.

"새봄 선생, 아직 저녁 식사 전이지요? 숟가락 하나만 더 얹을 테니 함께 먹읍시다."

"당근이지요, 아버지! 제가 엄청 많이 먹을 건데... 괜찮을까요? 호호호!"

마침 엄마가 가져온 반찬이 많은 날이니 대박이다. 거침없고 명랑한 새봄 선생님이 밥상머리에 가족인 양 끼어 앉았다.

"남편이 출장 가서 저 혼자서 라면 먹을 뻔했는데... 이게 웬 호강이래요. 호호호...!"

새봄 선생님은 정말 맛나게 먹기 시작했다. 식성이 나처럼 촌스러운지 엄마가 가져온 어묵조림이나 불고기보다 고춧잎나물과 무장아찌를 더 좋아하는 듯했다. 같은 반찬에서 젓가락이 만나면 나와 새봄 선생님은 콧등을 찡그리며 마주 보고 웃었다.

처음 만나 한두 시간 만에 이런 친근함... 난생처음이다.

"장아찌 많이 있으니 좀 싸 갖고 가요."

할아버지가 새봄 선생님 젓가락 가는 반찬마다 앞으로 당겨놓아 주셨다. 멀리서 오랜만에 다니러 온 고명딸 밥 챙겨 먹이는 아빠 같다. 아니 그보다 더한 엄마 손길 같다.

"호호호, 다 맛있당! 아버지는 이제 병원에 오지 마세요. 제가 왕진 핑계로 와서 맛난 거 실컷 먹게요."

"시간 낭비하면 내가 미안해서 안 되지요. 검진 날 텃밭 채소 좀 갖다 드리리다."

지방 공무원과 결혼하여 읍내에 병원을 낸 새봄 선생님은 천성이 착한 분으로 보였다.

시골 노인 환자들을 보면 부모님 생각이 많이 난다고 했다.

우리 할아버지를 처음 만났던 날, 첫눈에 그리운 친정아버지 분위기와 너무나 비슷한 분을 만나서 가슴이 쿵 내려앉았다고 했다.

"저의 아버지도 구례에서 혼자 살고 계셔요. 제가 어렸을 때 엄마가 돌아가셨거든요. 제가 중학교에 갓 입학한 새봄에…"

그 말끝에 새봄 선생님이 울컥 눈물을 보였다.

"저의 아버지도 혼자서 먹고사는 건 문제가 아니래요. 친구들이 하나둘씩 떠나버려 점점 말 붙일 데가 없다고… 결국 누구라도 혼자 해결하지 못하는 건 몸 아픈 게 아니라 외로움이 아니겠느냐고, 그 말 듣는데 눈물이 나서 참느라 혼났어요."

"그렇지, 나이 든 사람 누구나 공감하는 얘기지…"

할아버지가 고개를 끄덕였다. 언제 꺼내놓았던지 할머니가 민들레꽃을 수놓은 무명천 냅킨을 새봄 선생 무릎에 슬며시 올려주셨다.

"앗, 너무 귀하고 예뻐요! 이걸로는 눈물도 콧물도 닦을 수가 없겠어요."

눈물 번진 얼굴로 다시 환하게 웃는 모습이 세상 아름다워 보였다.

"더 어둡기 전에 가야지요. 시골길은 좁고 위험해서 운전할 때 특히 조심해야 해요."

밥상을 물리자마자 할아버지가 새봄 선생님을 재촉했다. 딸뻘이든 손녀뻘이든 호칭부터 주치의로 존대하고 지극히 대접하는 모습에서 할아버지를 다시 보게 된다.

"새봄 선생, 차가 마당까지 들어올 수 있는데 왜 멀리 세워두고 왔어요?"

할아버지가 뭔가 차에 실어주려고 차를 찾은 모양이었다.

"좁은 길에 경운기도 다니고 허리 굽은 할머니들 유모차 하나씩 밀고 다니시는데... 젊은 것이 차를 몰고 빵빵거리는 짓, 저는 그런 거 못 하거든요. 제가 좀 착하잖아요, 호호호!"

가만 보니 말끝마다 맑은 웃음이 매달리는 게 참 기분 좋게 들린다.

"약보다 밥 먼저 챙겨 드시고 신나게 걸으시고... 저는 의사라 재미있는 멘트를 못하네요!"

새봄 선생님은 노인용 종합비타민제를 내놓았고 할아버지는 텃밭에서 난 반찬거리 몇 가지를 싸 주셨다.

"에이참, 선물 증정만 하려 했는데 선물 교환이 되었군요. 암튼 잘 먹겠습니다, 아버지!"

"고마워요. 뭐라 더 말을 못 하겠네...!"

하나도 슬프지 않은 작별 인사가 애틋했다.

"할아버지는 들어가세요. 제가 차에 실어 드리고 올게요."

새봄 선생님과 마을 어귀까지 걸어가는데 왜 또 가슴이 두근거리는지 모르겠다.

"다음 새 학기에는 서울 갈 거라며? 할아버지가 그러시던데?"

"그, 글쎄요..."

좀 더 근사한 얘기를 듣고 싶었는데, 뜻밖의 질문이라 당황스러웠다.

'도대체 이분은 나에 대해 얼마나 알고 있는 걸까. 그리고 할아버지
는 무슨 생각으로 다음 학기를 정하셨을까... '

길가에 바싹 주차한 빨간색 차가 보였다. 빨간색 승용차는 나에게
또 하나의 트라우마였는데, 지금 보니 새봄 선생님 얼굴처럼 예쁘기
만 했다.

귤빛 가로등 아래서 새봄 선생님이 먼저 발걸음을 멈추었다.

"선재도 아까 들었지? 어른들도 가장 해결하기 어려운 건 인간의
외로움이라고. 어릴 때는 내 뜻대로 안 되는 게 다 서럽고 외로웠지.
내 나이쯤에는 남의 외로움과 괴로움을 풀어주고 싶은데 그게 잘 안
되는 어려움이 있어. 의사인데 병을 못 고치고, 내 자식이 원하는 대
로 해 주지 못하고... 노인들은 어떨지, 선재는 할아버지와 지내면서
저절로 터득하게 될 거야..."

나는 뭐가 뭔지 모른 채 고개만 끄덕였다. 이 뜻깊은 이야기를 낱낱
이 기억할 수 있을지 걱정이었다.

"할아버지가 금쪽 손자 걱정을 많이 하셔. 세상천지 상의할 데가
없다면서, 그래도 내가 편하신지... 속 얘기를 많이 털어놓으셨지."

"아, 그러셨군요..."

"고백 하나 할까? 나도 한때는 선재만큼 힘들었어. 바보였지... 돌
아올 수 없는 엄마가 그립다는 핑계로 정처 없이 떠돌았으니 말야. 또
래보다 2년 늦게 대학생이 되었는데, 그게 또 의과대학이라 6년이잖

아? 결국 동창생보다 4년 늦게 세상 속으로 들어왔다는, 그래도 의사가 되어 울 아버지 닮은 아버지도 만나 오늘 저녁 같은 힐링타임을 만끽했다는!"

새봄 선생님이 내 손을 한번 잡았다 놓았다.

"갈게. 안녕...!"

한 눈을 찡긋하고 차에 오른 새봄 선생님이 다시 내려섰다.

"아, 한 가지 잊은 게 있다! 나 지금 모습 괜찮아?"

턱까지 치켜들며 일부러 오만한 표정을 짓는 바람에 웃음이 쿡 터졌다.

"아, 예... 이, 예뻐요."

멋지다고 말한다는 게 그만 내 본심대로 예쁘단 말이 튀어나오고 말았다.

"남들 다 공부할 때 나 혼자 놀다놀다 느지막히 졸업했어도 나는 시방 이렇게 이쁘고... 아니아니, 이렇게 일자리 확실하게 잡았고! 제 나이 때 따박따박 학교 다니고 졸업한 친구 중에 아직 할 일 못 찾고 인생이 뭔가... 아직도 헤매는 애들 많아. 호호!"

이런 방식의 위로라니, 잠시 머리를 굴려야 했다.

"내 말에 머리 쓸 거 없어. 그냥 미리 쉬는 거랑 나중에 쉬는 거랑... 좀 쉬었다 가도 인생에 아무 지장 없더라는. 그냥 그렇더라는... 호호호!"

앵두 같은 웃음소리를 싣고 빨간 승용차가 바람처럼 사라져갔다.

'좀 쉬었다 가도 인생에 아무 지장 없더라는!'

알토란 같은 말들이 하나라도 사라질까 봐 음미하며 나는 천천히 집을 향해 걸었다.

마음만 먹으면 언제든 다시 만날 수 있다고 생각하니 마음 한편이 든든했다.

"혜지 누나에게 이 대박사건을 뭐라고 표현할까? 아빠한테는 또...?"

할아버지 댁에서 나날이 평안하다고 했지만 하염없는 상상 속에서 나도 실은 외로웠나 보다. 귤빛 가로등 아래서 새봄 선생님과 마주 섰던 5분이 두고두고 멋진 시간으로 남을 것 같다.

20

다들 그렇게 살아

해가 기울면서 멀리 저수지 주변 하늘이 붉게 물들기 시작했다.

은행나무가 늘어선 길을 따라 걷다 보니 아랫마을 학교 앞까지 오게 되었다.

매화 중학교와 버들 초등학교. 어릴 때는 넓은 운동장만 봐도 신이 나서 할아버지를 졸라 자주 가서 놀았던 곳이다. 콘크리트 담장을 사이에 두고 있는 두 학교는 멀리서 보면 한 학교처럼 보였다. 담장을 타고 오른 담쟁이 잎들이 선홍색으로 물들어 저절로 화려한 꽃담이 이루어졌다.

초등학교 운동장에서 아이들 몇이 축구를 하는 중이었다. 오랜만에 아이들 왁자지껄한 목소리에 가슴이 뻥 뚫리는 기분이었다.

공을 하늘 높이 차올리면서 공보다 더 높게 지르는 함성이 나를 이끌었다.

"이쪽, 이쪽으로!"

"울타리 안 넘게 적당히 받아 차!"

키 차이가 많이 나는 걸로 봐서 초등학생 중학생이 섞인 게 분명했다. 그나마 인원이 모자라 한 팀에 네 명씩이었지만, 양팔을 벌리고 뛰어오르는 골키퍼의 자세가 프로선수처럼 당당했다.

"형아, 패널티킥 나도 한 번만 차 볼게."

가장 키 작은 아이가 방향 모르고 걷어찬 공이 하필 풀숲으로 들어가 버렸다.

"그럴 줄 알았어! 넌 엉뚱한 데다 힘을 쏟더라니까!"

"형이 찾을게. 그대로 있어."

키 큰 형과 서너 명 아이들이 논에서 김매듯 허리를 구부리고 울타리 풀숲을 뒤지기 시작했다. 한 아이가 공을 찾아 번쩍 들어보였다.

"형, 고마워!"

한 꼬맹이가 하이파이브를 하며 달려들자 중학생쯤 돼 보이는 형이 하이파이브 대신 그 애를 한 팔로 번쩍 안아 들었다.

"화이팅!"

"히히, 나도 팅!"

"팅, 팅, 팅!"

맞수인지 같은 편인지 구분이 안 될 만큼 화기애애한 분위기였다. 교문에 기대서서 구경하던 나는 보는 재미에 끌려 운동장 가의 그네에 올라앉았다. 마침 빗나간 공이 내 앞으로 굴러왔다.

나는 반사적으로 벌떡 일어나 두 손으로 공을 집어 들었다. 어느 쪽으로 던져야 하나, 잘못 던졌다가 누가 발끈해서 욕이라도 내뱉을까 두려워 잠시 망설였다.

"뭐해, 어서 차지 않고?"

"으... 응."

손짓한 아이 발끝에 닿을 만큼만 밀어준다는 게 나 역시 힘 조절이 잘못되었다. 높이 솟은 공이 거의 골대 가까이 날아가 버렸다.

"오, 예! 잘했어!"

"들어와. 같이 하자."

키 큰 형이 나를 부르더니 한 손으로 하이파이브를 하며 등을 떠밀었다. 대기하고 있었던 것처럼 자연스러운 선수 추가였다. 내가 어디서 왔는지 몇 학년인지, 그야말로 묻지도 따지지도 않고 한 팀으로 받아들인 것이다.

"으응, 알겠어..."

마지막 교체선수처럼 나도 몸을 풀며 운동장 안으로 달려갔다. 그리고 마침 데구르르 굴러오는 공을 용기 내어 걷어찼다.

"오옷, 꽤 하는데?"

자주 본 친구처럼 아무렇지도 않게 웃어주는 또래 친구들 틈에서 그렇게 한참을 뛰었다.

"그만 가자! 공이 안 보여...!"

그렇게 게임이 끝났다. 얼마나 집중했던지 속옷이 땀에 젖는 줄도 몰랐다. 숨이 차도록 뛰어논 건 중국 이우학교 친구들과 달리기 시합한 게 마지막이었다.

축구팀 모두가 수돗가에 나란히 서서 손을 씻었다. 서로 물을 튕기다가 약속이나 한 듯 찬물로 머리까지 다 적셔 버렸다.

"아휴, 뼛속까지 얼얼하다...!"

저녁 기운이라 한층 냉기가 몰려왔다. 그렇게 정신이 쨍하게 번쩍 드는 기분도 정말 오랜만이었다.

"넌 만날 혼자 뭐하냐?"

"으... 으응."

"대충 들었는데... 몸이 좀 아파 쉰다며? 혼자 노느니 우리랑 학교 다니는 게 더 재밌을걸?"

"맞아, 중학교 한 반에 11명이랬던가?"

"여기서는 다들 형제 같아. 의리 빼면 남는 거 없어."

키 큰 형의 돌발 질문에 대답을 피하며 교문을 먼저 나섰다.

"함께 가자."

뒤따라온 형이 자연스럽게 내 어깨를 잡았다. 어깨를 붙잡는 건 싫었지만, 얼굴에 '싱겁고 착함'이라고 씌어 있어 나도 싱긋 웃어주었다.

"오늘 희근이네서 저녁 먹는 날이거든."

"맞아. 우리 집!"

손가락으로 자기 코를 가리키는 키 작은 아이가 바로 희근이였다.

몇 마디 말로도 유난히 살가워 보이던 그 아이는 3학년이려나 싶었는데 5학년이라고 했다.

"내일은 농구 어때?"

성대영, 김민수, 박가람... 그중 키가 제일 큰 형은 중학교 3학년 이은석이라고 했다. 잠깐 본 모습으로도 키 작은 아이는 야무지고 키 큰 형은 한없이 순해 보였다.

나는 거절할 새도 없이 아이들 몰려가는 곳으로 이끌려가야만 했다.

"여기가 바로 희근네야!"

가로등이 환히 비추는 집이었다. 작은 마당에 마을 사람들이 모여 있었다. 커다란 솥을 화덕에 걸고 어죽을 끓인다고 했다.

"어서 오시게, 서울 손님."

"할아버지 혼자 쓸쓸할까 봐 내려와 있다던... 그 기특한 손자구나."

"얼굴이 하얗고 몸맵시 날렵한 거랑... 즈이 아빠 닮아 어릴 적 모습 그대로네!"

어른들도 아이들처럼 스스럼없이 대해주었다.

"여기 한 동네 애들은 다들 형제나 마찬가지야. 서로 의지도 되고 좀 좋으냐?"

"자주 놀러 오렴."

플라스틱 사과 박스에 걸터앉아 난생처음 보는 얼큰한 죽 한 그릇을 받아든 나는 좀 난감했다. 입이 매우면 한입씩 돌려가며 마시는 말간 동치미 국물도 시원하고 달았다.

"엄마, 그거 알지요?"

희근이가 나를 가리키며 눈을 찡긋했다.

"그렇잖아도 그러려고 했네, 오지랖 넓은 아드님아!"

희근이 엄마가 웃음 가득한 얼굴로 나를 손짓해 불렀다.

"이거 가져다 할아버지 저녁 드시게 하렴."

"아, 아니에요..."

"자주 함께 드신 음식이라 좋아하실 거야. 암말 말고 가져가."

한바탕 땀 흘리고 난 아이들이 후후 불며 어죽 먹는 모습을 둘러보는 희근이 엄마 표정이야말로 안 먹어도 배부르다는 표현 그대로였다.

"감사합니다..."

모두가 다정해도 주변머리 없는 나의 어색함은 가시지 않았다. 나는 가능한 대로 허리를 많이 굽혀 인사하고 돌아섰다.

"허허, 수줍은 것도 제 아빠랑 꼭 닮았네!"

"쟤가 낫다니까요. 그 사람은 어릴 적에 이런 자리 섞이지도 않았는데 뭐."

아빠의 유년 시절 이야기를 듣는 게 신기했다. 묘한 기분이 되어 어두워진 길을 걸었다.

발걸음 옮길 때마다 허벅지에 닿는 어죽 보따리에서 따끈한 기운이 전해왔다.

'이 지역에서는 유난히 사람의 온기 같은 게 느껴지는 거 알아? 내

가 보기에 처절하게 외로운 시간을 겪었던 이들은 그 맛에 중독이 되
나 봐. 빠짐 주의! 그 매력에 빠지면 너도 나처럼 여기서 못 나간다.
호호호!'

말끝에 영롱한 구슬 같은 웃음소리를 매달던 새봄 선생님이 떠올
랐다.

'그러니까 그게... 나도 이미 그렇게 되었나 봐요...'

나도 맘속 말을 건넸다.

"나랑 동갑이지? 반가워."

"이것저것 잴 거 없이 우리랑 재밌게 지내자. 여기선 다들 그렇게
살아."

어죽 먹는 내 곁으로 사과박스 의자를 끌며 다가앉던 아이들 눈빛
이 하나같이 순해 보였다.

'여기선 다들 그렇게 살아.' 그 말이 마냥 기분 좋았다.

저만치 마중 나온 할아버지 모습이 보였다.

"희근이 아빠가 너 저녁 먹여 보낸다고 전화했더구나."

"예... 잘 먹었어요."

먼 불빛을 등지고 선 할아버지가 마치 마을을 지키는 장승처럼 커
보였다.

21

아무말대잔치

그 인물에 그 좋은 성격에 남자 친구는 구경도 못 했다는 혜지 누나. 나에 대한 애정공세는 바쁜 중에도 꾸준하다.

정작 마음대로 스케줄을 짜고 시간을 쓰는 내가 먼저 연락하는 일은 거의 없는 편이다.

하루에 몇 번씩 톡톡 문자를 보내다가 가끔씩 민망하게 영상통화를 걸어오기도 한다. 작은 휴대폰 화면으로도 누나 얼굴은 늘 해맑다.

"뭐해, 농총?"

어느 날부턴가 내 별명이 농촌총각이 되고 말았다. 그나마 줄여 부르니 해충 이름처럼 이상하게 들리는 '농총'이다.

잘 먹어서 턱이 둥그렇다는 둥, 머리 좀 깎으라는 둥... 멀리 떨어져도 잔소리와 참견이 줄지 않았다. 그래도 공부하라는 말을 빼는 건 수

다쟁이 누나로선 엄청난 배려일 터였다.

"이거 사과계피차야. 두 숟가락을 물에 녹인 후 얼음 투척!"

내가 마시던 컵을 휴대폰 앞에 들어 보였다.

"와, 달고 션하겠당! 히말라야 설빙인 줄."

"크크, 할아버지 살림 솜씨가 정말 놀라워. 누나 와서 보면 깜놀...!"

"울 할머니 솜씨 그대로 물려받으셨구나... 보고 싶다, 할머니..."

이웃 과수원에서 사과 수확이 끝나면, 2차 이삭줍기는 마을 어른들의 몫이라고 했다. 팔지 못하고 버려진 못난이 사과를 모아 사과즙도 내고 차로 먹는 쏠쏠함을 즐기는 것이다.

껍질째 얇게 썰어 계피와 꿀에 재어 일 년 내내 두고 마실 차를 만드는 건 할머니가 맨 처음 시도한 작업이었다. 썰어 말리거나 사과파이 만드는 것도 옥란 할머니가 유행시킨 간식이라고 했다. 사과로 서너 가지 간식이 되는 건 모두 옥란 할머니가 남겨 준 꿀팁이다.

"크크! 우리 엄마 요리 꿀팁은 뭐가 있더라?"

"있던가...? 통 기억나지 않음."

"선재야, 우리 남매 불쌍해..."

"뭔 소리야, 누나? 부모님 계신데 우리가 왜 불쌍하냐?"

"이구구, 농총! 아기 때 엄마젖 못 먹은 아기만 불쌍하냐, 자라면서 엄마표 집밥 제대로 못 얻어먹는 아이도 똑같이 불쌍한 거 아니겠니."

"윽, 듣고 보니 말 되네..."

"앗! 우리 엄마한테 잘하자고 다짐한 거 어쩔?"

"둘 다 깜빡이들이라니까!"

서로 손바닥의 휴대폰 대고 한참 킬킬대다 통화가 끝났다. 주말에 내려오겠다고 몇 주 째 벼르는 누나가 과연 언제 올까, 은근히 기다려진다.

이제 혜지 누나는 나를 무장해제시키는 가장 편한 사람이 되었다.

'두고 보렴. 세월 갈수록 핏줄을 나눈 가족이 최고지. 더구나 세상에 단둘뿐인 남매잖아.'

어릴 적부터 내가 누나의 참견과 욕심을 못 견뎌할 때마다 할아버지는 늘 똑같은 말로 나를 달래주셨다. 그 말이 조금씩 실감 나는 중이다.

드디어 누나가 내려오는 토요일이다.

겁많은 누나가 혼자 시외버스를 타고 내려오는 건 처음이었다.

"행여 조느라고 옆 사람한테 몸 기대지 말거라. 휴게소에서는 화장실만 다녀와 퍼뜩 차에 오르거라. 읍내 터미널로 시간 맞춰 나가마."

할아버지는 누나와 서너 차례나 통화를 하셨다.

"히히, 어엿한 숙녀인걸요. 설마 '대환영, 박혜지!' 같은 플래카드 들고 계실 건 아니지요?"

할아버지가 서두르는 바람에 버스 도착하기 30분 전에 터미널 대합실에 자리를 잡고 앉았다. 읍내에 나온 건 지난번 고모네 식구와 함께

스테이크가 맛있는 식당에서 점심 먹고 잔잔한 일본 가족영화를 보고
온 뒤 오랜만의 나들이였다.

　누나 말대로 나도 촌사람이 다 되었는지 사람 많은 읍내 주변을 신
기하게 둘러보고 있다.

　이윽고 버스가 들어왔다. 차 문이 열리기도 전에 버스 안 중간쯤 창
문으로 두 손 흔드는 누나가 보였다. 누나는 차창에 얼굴을 대고 갖
은 표정을 보여준다.

　"허허! 혜지, 저 녀석."

　할아버지가 누나를 손잡아 내리게 했다. 소라색 프릴 블라우스에
갈색 체크무늬 점퍼스커트를 입은 누나가 낯설었다.

　"웬 조신함? 80년대 맞선 보러 읍내 나온 아가씨 같아."

　내 말에 누나가 등을 때리며 웃었다.

　"어흑, 그니까 말여… 울 엄니가 날 알프스 소녀 하이디로 맹글었지
뭐겠니. 이것도 효도다 싶어 부끄러움을 무릅쓰고 왔느니라."

　"그래도 보기 좋네."

　"히힛, 딱 농총이네. 네 얼굴에 씌어 있어."

　"치… 그러든 말든."

　"혜지, 분명 아침밥 안 먹었을 터! 우선 요기부터 하자꾸나."

　"히히, 순대볶음이랑 떡볶이랑 어묵이랑…!"

　할아버지 팔을 하나씩 나누어 붙잡고 읍내 골목 맛집을 찾아가는데

미용실 앞에서 누나와 눈이 마주쳤다. 옥란 할머니의 단골 미용실, 우리도 몇 번 따라갔던 곳이었다.

둘이 같은 생각을 했음을 알아챘다. 누나가 머리를 한번 흔들고 할아버지께 바싹 다가섰다.

"할아버지! 우리 장도 보고 운동화도 사요. 엄마가 그러라고 신용카드 주셨어요."

누나는 역시 누나다. 할아버지가 좋아하는 생선 종류도 알고 할아버지 신발 사이즈도 꿰고 있어서 놀라웠다.

"누나는 어떻게 잘 알아? 할아버지와 함께 사는 나도 모르는 사실을 말이야."

"후훗, 사랑은 관심! 너 그리 무심했다가 나중에 여친한테도 가혹하게 차이는 수가 있다!"

누나한테 또 한 방 먹었다. 내가 몰랐던 무심함을 깨닫는다.

"내 친구 다영이가 조기 유학을 결정했어. 이번 방학 때 우선 어학연수를 떠난대. 내 맘도 굴뚝같지만 말도 못 꺼낼 거야. 아마도..."

엄마가 요즘 내가 다니던 '맑은하늘' 병원에 다녀왔다는 사실은 좀 충격이었다.

"우리 기억에 엄마가 우울한 적은 거의 없었잖아? 늘 바쁘고 에너지 넘쳐 우리에게 약간 무관심하셨을 뿐... 그런데 요즘 힘들어하는 게 느껴지더라."

"보나 마나 원인은 나야. 중학생 아들의 휴학을 누가 상상이나 했
겠어?"

문득 내 입장과 신세가 부끄러웠다.

"호호, 엄마가 아주 오랜만에 대학 선배를 만났는데 아들이 몇이냐
고 묻더래. 아기 적에 울지도 않고 아무한테나 안겨 벙실거리던 순둥
이 하나, 갑자기 중국 조기유학 가더니 갑자기 돌아와 더 갑자기 사
라진 아들..."

내 인생이 누나 표현처럼 그리 재미난 얘기가 아니었다. 나름 파란
만장한 내 열서너 살의 가슴 아픈 기록인데 말이다.

"크크, 그래도 딸은 하나인 줄 안대. 애기 때나 지금이나 노래 잘하
고 잘 웃고 천방지축 귀여운 지지배, 박혜지!"

누나는 웃었지만 내 맘은 착잡했다. 그리고 엄마한테 처음으로 죄
송한 생각이 많이 들었다.

"누가 뭐래도 괜찮아, 선재야! 세상은 생각대로 되지 않는다지만,
생각대로 되지 않는다는 건 또 그만큼 멋진 일이야!"

마루 끝에 선 누나가 두 팔을 높이 올리고 뮤지컬 배우처럼 외쳤다.

"생각대로 되지 않는다는 건 생각지도 못한 일이 일어난다는 거니
까!"

아, 역시 빨간머리 앤에 나오는 대사에 공감 백 퍼센트!

"선재야, 이건 비밀인데... 나 요즘 재미있는 일탈 준비 중!"

"일탈? 뭘 저질러 보려고? 설마 드럼 같은 악기까지 도전하는 건?"

"노노! 애니멀 커뮤니케이터라고 들어 봤니?"

'애니멀 커뮤니케이터'라면 내 최고의 관심사 중 으뜸이다. 아빠의 서재에서 골라 읽은 책에서 보고 한동안 거기에 빠져 있었다. 사람이 동물의 마음을 읽고 치유한다는 게 눈물겹게 아름다운 직업이라는 생각에서였다.

"인터넷으로 특강을 들은 적이 있어. 동물도 사람과 따뜻하게 교감한 시간들을 분명히 기억한데. 그리고 꼭 은혜를 갚으려고 마음먹는대!"

나도 안다. 오죽하면 사람이 죽으면 하늘나라에서 먼저 간 반려동물이 마중 나온다는 속설이 다 나왔을까.

"내가 엄마한테 애니멀 커뮤니케이터가 되고 싶다고 말했거든. '에라, 모르겠다! 혼나고 말자...' 그런 심정이었지."

"화나셨을 거 같은데..."

"아니. 울 엄마가 달라졌어. 마음대로 하라서."

"맑은하늘 훈남 선생님과 상담하면 누구나 달라질 수 있거든. 고집불통 나도 그랬으니까."

"후후후, 이 말했다 저 말했다가... 우린 도무지 주제가 없군!"

"크크, 이런 걸 아무말대잔치라 하는 거임!"

마치 사흘인 것처럼 알찬 하룻밤을 묵고 혜지 누나가 돌아갔다.

아무리 말괄량이라도 누나는 역시 누나다. 다녀간 하루 사이 안방과 건넌방이 환해졌다.

쓸고 닦은 것도 아닌데, 행거 위치를 바꾸고 흩어져 있는 소품들을 한눈에 보이게 상자에 담아 이름표를 붙인 것이다.

바깥 창문을 향해 놓인 책상을 돌려놓는 발상도 특이했다. 바깥 풍경은 나가서 보고, 방에서는 창을 등지고 앉으라는 게 누나의 주장이었다.

"책 볼 때는 등 뒤에서 비쳐드는 햇살이 좋은 거야. 더구나 넌 만화책을 주로 보잖아?"

누나 말이 맞다. 자연 채광이 비칠 때 삽화의 선이 선명하고, 햇볕과 눈이 마주 보지 않으니 눈부실 일도 없다는 걸 왜 몰랐을까.

"두고 봐. 바람결도 새소리도 귓등으로 들려오는 게 훨씬 달콤할걸?"

가끔 놀라운 발상을 망설임 없이 실천하는 누나다.

"우리 혜지, 역시 명물이다. 그런 지혜는 어느 책에서 본 거냐, 배운 거냐?"

"히힛, 그냥 제 영특한 아이디어랍니다. 휘휘휙!"

거만한 자세로 얼굴을 반짝 치켜들고 휘파람 부는 시늉에 할아버지까지 웃음이 터졌다.

"남들과 똑같이 살 필요는 없잖아요. 학교나 직장을 과감하게 때려치울 수 없다면, 혼자 즐기는 시간만이라도 마음 끌리는 대로... 제가 맞는 생각인가요, 할아버지?"

"그러게... 할애비는 늙어서 그런 거 모른다!"

이 얘기 저 얘기, 누나와 나누는 이야기는 주제가 너무나 다양해서 혼란스러울 정도다. 하지만 금방 들을 때보다 헤어진 뒤에 두고두고 떠올리며 웃음 짓게 할 때가 많다. 누나는 나를 센스가 한 박자 늦은 아이라는데... 그래도 좋다. 아무말대잔치를 펼치는 혜지 누나.

누나가 다녀간 후 공연히 마음이 싱숭생숭했다.

"누나를 보고 나니 마음이 흔들리더냐?"

저녁 산책길에 할아버지가 넌지시 물으셨다.

"네? 저, 제가요?"

애써 숨긴 마음을 들켰을 때처럼 당황스러울 때가 또 있을까.

"그냥요... 제가 계속 이래도 되는지 생각하고 있어요."

"열심히 진학 준비하는 누나 얘기 듣고 자극을 받았구나? 그렇다고 불안해하진 말거라..."

불안함을 안고 산다는 건 아직 성장하고 있다는 증거라고 했다.

"언제부턴가 이 할애비는 불안한 게 없어졌단다. 텃밭 채소들이 병들어도 홍수가 나서 한바탕 휩쓸어가도 자식들 소식이 뜸해도..."

행여 무슨 일이 생긴다 해도, 이젠 당신이 대신 해결해 줄 힘이 없음을 깨닫고 마음을 비웠다는 할아버지. 그러면서 욕심도 오기도 저절로 내려놓아 지더라고 하셨다.

"할아버지는 제가 걱정되지 않으세요?"

"우리 선재가… 무슨 걱정?"

"저 녀석이 학교도 안 가고 저리 놀기만 하다 뭐가 되려나, 심난하실 거 같아서요."

'그걸 아는 놈이 그래?'

개그맨이 자주 외치던 대사가 딱 지금의 할아버지가 하고 싶은 말이 아닐까 하는 생각에 혼자 웃음이 났다.

"선재야, 할아버지는 빈말 따위 안 하는 거 알지?"

"네…"

"우리 인생이 짧지 결코 않아. 높은 산을 오를 때도 지치기 전에 쉬어가며 목도 축이고… 다시 힘내어 오르는 게 현명하단다."

젊은 시절엔 한두 살 먹는 일이 대단해 보이지만, 할아버지 나이가 되면 일흔다섯이나 일흔 일곱이나 별 차이 없다는 말에는 공감이 갔다. 그런 할아버지가 참 좋다.

내가 가장 힘들 때, 조금도 불안해하지 말라며 아무 눈치도 안 보도록 끌어안아 주신 할아버지가 얼마나 든든한 후원자인지 눈물겨울 정도다.

"그 대신 노는 게 따분해지면 말하렴. 언제라도 전학이든 편입이든 가능하다고 매화 중학교 선생님께 상담했고 허락도 받아 놓았으니까."

"그게, 그래도 된대요?"

서울에서 집 근처 중학교에 입학 절차를 밟고 휴학한 채 내려온 길이라 앞으로 어찌해야 할지 궁금하던 참이었다.

"잠시 청강생이든 전입생이든... 우리 선재 좋아할 일이면 할애비는 다하지. 그럼그럼!"

마침 한 학년에 한 학급뿐이라는 아랫마을 매화 중학교에 슬슬 호기심이 생기는 중이었다.

누구도 모른다, 사람의 앞날.

22

꽁지머리 아저씨

시간이 물처럼 편안하게 흘러간다는 생각이 들었다.

남과 다르게 살아도 불편하지 않다는 걸 깨닫는데 그리 오래 걸리지 않았다.

누나가 보내준 수채화 도구가 요즘 가장 보람차게 쓰이는 중이다. 가벼운 알루미늄 이젤까지 보내주었으니 야외에서 화가 노릇으로 한나절이 훌쩍 지나간다.

"허어참, 우리 선재가 그림 소질 타고난 걸 누가 알았을까...!"

미래의 화가 작품이라며 할아버지가 아직 서툰 그림을 안방 벽에 나란히 세워두신다. 부끄러운 한편, 미래를 꿈꾸게 되니 힘이 난다.

'엄마 아빠가 기다리는 집으로...'

그 생각에서 잠시 숨을 고르게 된다.

그런 날이 가끔 있다. 책도 눈에 안 들어오고 자전거를 타도 집 근 처만 빙빙 돌게 되는 날.

읍내 새봄 병원에 가신 할아버지를 기다리는데 뜻밖에 아빠가 오 셨다.

"아빠! 어떻게 갑자기...?"

아침 문자 안부에도 온다는 말이 없었으니 무슨 일인가 싶었다.

"보고 싶으면 이렇게 후딱 달려오기도 하는 거야. 근사하지 않아?"

"히히..."

아빠라면 언제라도 반갑고 편안하다.

저녁 밥상 앞에서 할아버지는 새봄 선생님 이야기로 꽃을 피웠다. 말씀이 많아진 건 컨디션이 좋다는 증거다. 할아버지와 아빠와 나, 삼 대가 나란히 누웠는데 은근히 가슴 뿌듯했다. 하지만 나를 통해 소통 하실 뿐 두 분 사이의 어색한 기류를 깨닫자 조금 불편했다.

"자거라. 내일 일찍 올라간담서."

"예. 선재 데리고 강원도 쪽 한 바퀴 돌아오겠습니다."

"어? 나도 아빠랑 가요?"

하마터면 영문도 모른 채 아침 잠결에 끌려갈 뻔했다. 무슨 일이든 자세히 설명하지 않는 아빠 때문에 이렇게 가끔 난감하다.

"녀석이 갑갑하겠다 싶었는데 잘 됐구나! 그 참에 서울 집에도 들 르던지..."

나는 할아버지 의중을 몰라 어둠 속에서 몸을 일으켰다.

"다른 뜻은 아니고, 그냥 두루 다녀 보면서 선재 마음 닿는 데가 어 딘지 한번 살피라는 거지. 여긴 당연히 선재 맘껏 있는 데니까."

"앗, 다행! 저는 또 쫓겨나는 줄 알고..."

내 실없는 농담에 그래도 다 같이 한번 웃었다.

아침 일찍 출발했다. 어디 간다는 설명도 없이 아빠가 그렇게 서두 르는 건 드문 일이었다.

내비게이션을 몇 번이나 확인하며 세 시간이나 걸려 도착한 곳은 높은 산 아래 주차장이었다. 차를 두고 숲속으로 한참이나 걸어 들 어가야 하는데 그나마 하루에 입장할 수 있는 인원이 제한된 곳이라 고 했다.

"여기에 비하면 우리 할아버지 마을은 시골이 아니었네요?"

"거기 시골 맞아. 여긴 산골이고!"

역시 돌직구 아빠는 틈을 주지 않는다.

계곡을 따라 오르는데 새소리와 물소리와 바람소리가 아름답게 어 울렸다.

아빠가 숲속 작은 집 앞에 멈추었다. 그림같이 예쁜 두 채의 펜션 옆 이라 거기 딸린 아래채가 아닐까 싶게 초라한 흙벽돌집이었다.

아빠는 회색 벙거지 모자를 쓴 아저씨와 인사를 나누는 중이었다.

"이렇게 빨리 오실 줄 몰랐는데... 반갑습니다!"

"제가 당연히 와야지요. 처사님께선 이렇게 지내시는군요. 여전히..."

"겨우 내 몸 하나 들어앉을 토굴이지요. 인연이면 언젠가 다시 만나리라 했는데..."

세속을 떠난 도인 같고 자유인 같은 김처사님이란 분이 어쩐지 낯설게 느껴지지 않았다.

아빠가 나를 소개하자 환하게 웃으며 두 손을 잡아 방으로 이끌었다.

"차나 한잔 합시다. 귀한 아드님도 이리로."

뜰에서 댓돌 하나만 올라서 문을 열면 그대로 방이다. 어른 키로는 고개를 숙여야 들어설 만큼 낮고 좁은 방문이었다.

겉보기에 보다 방안은 정갈했다. 나무로 짠 그릇장에 찻주전자와 찻사발이 나란히 놓이고, 그 옆에 회색 이불과 회색 옷이 가지런했다.

"이곳은 겨울이 길고 봄이 짧아요. 5월 초에나 쌓인 눈이 다 녹거든요. 이제 봄비가 한 차례 더 지나가면 산빛이 한껏 푸르러지고 산벚꽃잎이 한꺼번에 하얗게 쏟아져 내릴 거예요."

모자를 벗으니 단정하게 묶은 꽁지머리가 드러났다. 도인 풍의 회색 옷차림과 잘 어울리는 헤어스타일이었다.

"여기 살다 보니 폭설에 발이 묶여서 책 보고 차나 마시는 겨울철이 가장 호젓해요. 반면에 산벚꽃잎 흩날리는 봄날이 가장 허무하더군요. 그 계절에는 어디론가 무작정 떠나고 싶은 마음 가라앉히느라 애를 쓴답니다."

그분 입에서 나오는 낱말들은 어쩌면 하나같이 적어두고 싶을 만큼 고울까.

"우선 약초차 맛 한번 보시게. 이름이 누구신가?"

꽁지머리 처사님이 나에게도 차를 한 잔 따라주었다.

"고맙습니다... 선재예요, 박선재."

"오호, 이십 대 초반 때 본 정운씨 모습 그대로인데!"

내게 꽂힌 그분 시선이 부끄러워 내가 얼른 눈길을 돌렸다. 거실 겸 침실 겸 다실로 쓰는 방 옆에 작은방이 이어져 있었다. 그 방 한가운데 베이지색 그랜드피아노가 놓여 있는 게 아닌가! 깊은 산속 흙벽돌 집에는 안 어울리게 생경스럽지만, 그랜드 피아노가 한순간에 꽁지머리 처사님의 품격을 확 달라 보이게 했다.

"저기 피아노를... 직접 연주하십니까?"

"허허허! 누가 봐도 여기에 안 어울리는 물건이지요. 그래도 뭐, 누구에게나 추억 돋는 애장품이 하나쯤은 있으니까요."

아빠는 깊은 생각에 잠긴 듯 잠시 말을 잇지 못했다.

"한 곡 선사할까요...?"

그분이 익숙한 자세로 피아노 앞에 앉았다. 숨소리조차 안 들리게 고요한 순간이 흘렀다. 천천히 움직이는 손길이 물 흐르듯 유연했다.

쇼팽으로 시작해서 가곡과 동요까지 메들리가 이어졌다. 예술의 전당에서 본 연주회보다 내게는 더 아름답고 신선한 충격이었다.

"그대 보내고 멀리 가을 새와 작별하듯...

그대 보내고 아주 지는 별빛 바라볼 때..."

내 귀에도 익숙한 노래다.

오래전 노래방에서 아빠가 부른 노래였다. '너무 아픈 사랑은 사랑이 아니었음을...' 이 마지막 구절에서 아빠가 목이 메어 더 이상 부르지 못했었다. 이후에도 아빠 노래를 들은 게 손꼽을 정도인데 어쩌면 한결같이 이 노래 한 가지였다.

노래하면서 꽁지머리 처사님 눈길이 아빠한테 머물자, 기어이 아빠 눈시울이 붉어지며 안경 아래로 눈물이 번졌다. 가슴 먹먹하게 노래를 부르고 난 아저씨가 아빠의 어깨를 두드려주었다.

"박 선생은 하나도 변치 않으셨소. 처음 보았을 때나 20여 년이 흐른 지금이나."

두 분이 묵은 얘기를 나누는 동안 나는 밖으로 나왔다.

마당을 사이에 두고 '구름이 머무는 집' 펜션 두 채가 숲과 잘 어울리게 자리 잡고 있었다.

하룻밤 묵어갈 건지 어쩐지 조차 모르고 따라온 낯선 풍경 속이 아늑했다. 나는 툇마루에 느긋이 앉아 아빠가 나오길 기다렸다.

"어쩐지 눈빛이 시름겹구나 싶었는데... 황망한 일을 치르셨군요."

돌아가신 할머니에 대한 위로를 받으며 아빠가 방에서 나왔다. 헤어지기 전, 꽁지머리 처사님 아빠를 다시 세웠다.

"정작 할 말이 따로 있었는데 못했군요. 라다크에... 한 번 다녀오시지요."

"라다크...? 인도 북쪽 거기... 라다크 말인가요?"

"거기 계십니다. 고산지대에서 오랜 세월 지내는 동안 그분도 많이 쇠약해지셨을 겁니다. 몇 해 전, 인도 순례길에 저도 한 차례 뵙고 왔습니다만."

아빠가 말을 멈추고 눈을 감았다. 감은 눈의 속눈썹이 파르르 떨리고 있었다.

갑자기 아빠가 꽁지머리 처사님의 두 손을 꽉 잡았다.

"라다크라니오! 제가 오래전부터 가려고 맘에 둔 곳인데... 어쩌면 이럴 수가 있을까요!"

"인연이라는 게 원래 그렇지요. 제가 라다크를 떠나올 때, 스님께서 '잘 지내고 있겠지요?' 한 마디 묻는데 과연 누구 안부였을까요? 그때 내가 정운 선생 소식을 모르고 사는 게 어찌나 죄송하던지... 그래서 수소문 끝에 소식드린 거랍니다."

"고맙습니다만... 너무 혼란스럽군요."

"아무쪼록 정운 선생 마음 끌리는 대로 하십시오. 그게 편안한 겁니다..."

또 보자는 약속을 하고 돌아오는 아빠 발걸음이 그리 가볍지 않아 보였다. 어쩌다 보니 나도 그 옆 그림 같은 숲속 펜션에서 묵어가면 좋겠다는 말은 꺼내지도 못했다.

헤어질 때 꽁지머리 처사님이 건네준 건 손바닥만 한 신문 스크랩이었다. 작은 흑백사진이라 선명해 보이진 않았지만 스님 사진과 함께 실린 기사 내용을 내가 먼저 읽어 내려갔다.

…히말라야 인근 지역이 대개 그렇듯, 라다크도 워낙 고지대라 기압이 낮다.

그래서 그곳에 사는 사람들은 피를 온몸으로 돌려줘야 하는 심장이 약해질 수밖에 없다.

특히 어린아이들이 심장병이란 큰 고통 속에 세상과 작별하는 경우도 많아 안타깝다.

청라스님은 당신도 병약한 몸이면서, 그곳 심장재단에서 8년째 봉사 활동을 하고 있다.

푸르다 못해 가지색으로 변한 작은 입술로 자신의 죽음을 예감하는 아이들을 보면, 기도보다 먼저 해야 할 일이 목숨을 구하는 일이라는 생각을 굳혔다고 한다.

항생제 한번 써본 적 없는 아이들은 간단한 처방으로도 좋은 효과를 보인다. 영양제 몇 알로 한껏 원기가 회복되는 사례도 많다. 꾸준히 홍보한 결과, 세계 여러 나라에서 후원이 늘어나는 추세라 심장재단이 희망을 갖는다는 밝은 소식도 함께 들었다.

'손 한번 쓰지 못한 채 가엾게 세상을 떠날 뻔한 어린 목숨을 살려내는 일을, 이번 생의 제 공부로 여기고 있습니다. 혹시 나로 인해 외로

웠거나 슬펐거나 상처를 안고 살아갈지도 모를 누군가에게 한평생 참 회하는 기도이기도 하지요.'

합장하는 청라스님의 눈가에 얼핏 눈물이 맺히고 있었다.

꽁지머리 처사님을 만나고 온 뒤 아빠는 입을 닫았다.

청라스님, 아니 친어머니가 라다크에 있다는 소식에 어쩔 줄 모르 는 기색만 선연해 보였다.

나는 역시 아빠의 아들 맞다. 말솜씨 없는 곰탱이가 엄마와 누나한 테 아빠의 애절한 심정 전하기에 조금도 부족함이 없었으니 말이다.

무언가에 놀란 듯 설레는 듯, 며칠째 안절부절 못하는 아빠한테 혜 지 누나가 먼저 다가갔다. 느닷없이 뒷목을 와락 끌어안고 아기처럼 업히는 바람에 아빠가 쓰러졌다.

"나도 좀 업읍시다, 여보!"

엄마가 팔짱을 끼고 나도 아빠 가슴으로 머리부터 들이밀었다.

"왜들 그래... 왜?"

거실 바닥에 반쯤 엎드린 아빠가 난감한 표정으로 웃었다.

"고민 뚝! 당신 마음 끌리는 곳 어디든 가셔요! 시간 남아도는 아 들도 함께."

엄마의 통쾌한 허락에 아빠 눈이 커다래졌다.

라다크, 그 며칠의 인연은 어떤 강물이 되어 흘러갈까.

23

라다크, 그리움을 묻다

남희 누나와 일행은 인도 최북단의 높고 험한 순례길을 돌아온다
고 했다.

아빠와 내가 일행들과 일정을 따로 잡았어도, 마지막 날 델리 공항
에서 만나 함께 귀국하는 게 이번 여정의 마무리였다.

'아무것도 묻지 말고 그저 아빠 뜻대로 동행만 해 줘야하나...?'

꽁지머리 처사님이 연결해 준 인연, 라다크행 결정까지 엄마와 아
빠가 나눈 숱한 이야기들로 내 머릿속은 어느 정도 가닥이 잡힌 셈
이다.

하지만 라다크에 와서도 내내 흔들리는 아빠를 모른 체 하기란 나
로서도 힘들었다.

선재가 이미 짐작하고 아는 일이니 말해 주마.

한 아이가 따뜻한 엄마 품에서 세상 걱정 모르고 살고 있는데, 어느 날 그 엄마 말고 낳아주신 엄마가 따로 있다는 걸 알게 된다면 어떻겠니?

아빠가 4학년 때 당한 일이란다.

너도 알다시피 할머니가 얼마나 좋은 분이더냐…

친구들 앞에서 자랑삼던 그 엄마가 날 낳아준 엄마가 아니라니 세상이 뒤집어진 것 같은 일이었지. 무엇보다 먼저 날 버린 엄마보다 키워준 엄마부터 마음에서 멀리 내치게 되더구나.

물론 소심하기 이를 데 없는 나는 대놓고 속을 썩인 적은 없었지. 전후사정도 묻지 않고 그냥 냉랭해져서 엄마를 자주 서글프게 하고 아버지를 몸 둘 바 모르게 했을 뿐.

그 후 꽤 오랫동안… 나는 마음 붙일 곳 없어 힘겨웠단다.

내가 대학생이 되었을 때 낳아준 엄마를 찾았어. 두 살 때 겨우 젖 떼고 헤어진 엄마를 20년 만에 만난 거란다.

아, 미칠 듯 그리웠던 진짜 엄마는… 깊은 암자에서 파르라니 깎은 머리에 승복을 입고 계셨어. 이미 속세의 인연을 끊고 스님이 된 후였지.

"제가 박정운입니다."

그분은 기별도 없이 찾아온 아들을 보고도 놀라지도 않았단다. 마치 어제 보고 또 본 사람처럼 나를 법당으로 데려갔어.

"절에 오면 부처님께 인사부터 드리는 거예요."

사무치게 그리웠던 마음을 서릿발 같은 매정함이 무너뜨리더구나.

그때 그 절에서 만난 분이 그 김 처사님이야. 노래 잘하고 피아노 잘 치는 꽁지머리 아저씨가 그때 그 절에서 머물며 공부하던 중이었단다.

'밥상만 차려주고 어디론가 가 버린 스님을, 아니 엄마를 어떻게 생각해야 할까.'

내 사연을 들은 김 처사님이 나를 자기 방에서 하룻밤 재워 주었어. 다음 날 한 번 더 뵙고 가도록 마음을 써 준 거지.

그러나 다음 날 마주한 스님은 더욱 냉정할 뿐이었단다.

'스님, 학생이 먼 길 찾아왔으니 좋은 말씀이라도 해주십시오.'

김 처사님이 간곡하게 부탁을 드린 뒤에야 나를 불러 앉히더구나.

'올바른 곳에 곧은 마음을 딱 올려두고, 해야 할 일과 하지 말아야 할 일을 정하세요. 가슴속에 금강석같이 단단한 기둥 하나 세우고 살면 세상 아무 두려울 게 없는 법이에요.'

가슴 속에 눈물과 원망과 분노까지 거미줄처럼 엉켜 당장 뛰쳐나오려는데, 김 처사님이 내 어깨를 눌러 앉히며 삼배를 올리라고 했어. 그러는 거래. 자식이 스님이 되면 부모라도 그 앞에서 삼배를 올린다는데 하물며…

"어디서든 좋은 인연 만나 잘 살기를 빌어요."

산문 밖에 함께 나서기만 하면 무슨 엄마가 그러냐고 소리소리 지르며 울고 싶었는데…

'살펴 가세요. 스님은 원래 일주문 밖까지 배웅하지 않습니다.'

그분은 일주문 앞에서 합장한 채 돌아섰단다. 한 번도 뒤돌아보지 않은 채 말이다.

그날 아랫마을 버스정류장까지 따라와 나를 위로해 준 사람이 김 처사님이었지. 산모퉁이 나무의자에서 얼마나 오랫동안 이야기를 나누었던지, 겨우 막차를 탔던 기억만 나.

성품은 바뀌지 않는다더니, 그때도 한없이 따뜻하던 김 처사님은 지금도 변함없더구나.

스무 살만 되면 뭐든지 내 뜻대로 되는 줄 알았던 그 젊은 날. 그곳에 다녀온 후 아빠는 며칠 몸살을 앓았단다. 그 냉정함을 도저히 용서하거나 납득할 수 없었던 거지.

엄마라면, 적어도 엄마라면 숨 막히도록 나를 끌어안고 '미안하다, 아가야…!' 그 말 한마디는 해줄 줄 알았는데… 그 상상 하나로 십 년을 견딜 수 있었는데.

죽을 때까지 다시는 안 보겠다고 결심했건만, 미운 마음보다 더 커다란 무엇이 있더구나.

선재는 아직 모르려나? 지나가는 계절도 나무도 사람도… 사랑하기 시작하면 걷잡을 수 없듯이, 그리움도 한번 빠져들면 온몸이 뒤틀리는 통증이 되는 경험을 수도 없이 했단다.

잊고 살다가도 난데없이 찾아드는 그리움이 내 온 생애를 잠식하고 있었다면 맞는 표현일까? 아니, 한평생을 '그리움' 하나로 마음 못 붙이고 서성거렸다면 맞는 표현일까.

친엄마가 두고 떠난 어린 두 아이를 자기 자식 이상으로 감싸서 키운 새어머니… 아무 죄 없는, 죄는커녕 세상에서 가장 고마운 분이 내 곁에 계셨는데도 말이다.

뜻밖에 김 처사님의 연락을 받고 이곳에 오면서 왠지 엉킨 실이 풀릴 것 같은 예감이 들었단다. 인연이라는 게 우리 뜻대로 만들거나 버릴 수 있는 게 아니라면, 물처럼 바람처럼 흐르는 인연을 잠시 머물게 하여 빌려 썼다고 믿어보련다.

'내 곁에 그만큼 머물다 떠나는 게 엄마와 나의 인연이었나 보다' 그렇게 말이다.

그렇게 지내온 세월… 마침내 내가 아들을 데리고 라다크에 왔구나.

까닭 모를 그리움이 하도 간절해서 지금까지 하루도 아프지 않은 날이 없었단다, 아빠는.

이제 비로소 한평생 구름처럼 떠도는 마음을 내려놓을 수 있을 것 같아.

이 세상에 살아 계셔서, 나를 태어나게 해 주셔서 그것만으로도 고맙다고 말하고 나면 오래 묵은 응어리가 사라질 것 같아.

두고 보렴.

라다크의 작은 도시까지 가는 길이 너무 험하고 멀긴 했다.

그래도 주소를 가지고 심장재단 사무실을 찾는 건 어렵지 않았다.

하지만 그동안 고산증세를 모르던 아빠가 그 길 오는 동안 몸과 마음이 한꺼번에 가라앉아 겁이 덜컥 났다. 운전하는 분이 도저히 안 되겠던지 아빠를 데리고 병원에 들러 약을 먹고서야 기운이 조금 회복되는 듯했다.

"일행도 없는데... 이런 데 와서 아빠가 아프면 난 어쩌라고요!"

내가 처음 터뜨린 불만에 아빠가 희미하게 웃었다.

'아빠의 친어머니, 청라 스님... 한평생 그리운...'

솔직히 말하자면, 나는 꽁지머리 처사님이 이어준 인연이 그다지 고맙게 느껴지지 않았다. 아빠한테는 미안한 일이지만 그분 만나는 일에 내가 설렐 이유도 없었다.

설령 아빠가, 아빠를 낳아주신 어머니를 이 먼 나라에서 감격적으로 만난다 해도 마찬가지다. 나는 나에게 한없이 자애로웠던 옥란 할머니가 진짜 내 할머니라고 선언하고 싶었다.

형용할 수 없는 마음으로 험한 길을 달려오는 아빠 심정이야 분명 또 다를 테지만 말이다.

"바로 저기예요."

운전기사가 손짓으로 위치를 알려주고 한국에서 챙겨간 선물상자들을 사무실까지 옮겨놓아 주었다. 습기 많은 무더위 속에 에어컨은 커녕 높은 벽에 걸린 선풍기도 한 대뿐이라 분주하게 오가는 자원봉사자들도 땀을 뻘뻘 흘리고 있었다.

저만치 사무실 안쪽에 야윈 스님 모습이 보였다. 아픈 아이 둘을 안고 온 초췌한 엄마와 상담 중인 듯했다.

"저, 저기 저분..."

손가락으로 스님을 가리키던 아빠가 갑자기 건물 뒤편으로 뛰어갔다. 땅바닥에 쪼그려 앉은 아빠가 두 손으로 가슴을 움켜쥐었다. 숨쉬기조차 힘겨운 듯 온몸을 뒤틀며 괴로워했다. 아, 내가 몇 차례나 겪었던 공황장애 때 증세와 비슷했다.

"여기 좀 와 주세요! 빨리요!"

나는 사무실 안에 대고 마구 소리를 질렀다. 한국말을 알아들을 사람이 있으니, 아니 우리 아빠를 살려줄 분이 있으니 얼마나 다행인가 싶었다.

"우리 아빠예요! 박정운, 이 사람이 우리 아빠예요!"

나는 달려 나오는 스님에게 소리쳤다. 그 순간 아빠를 덥석 안은 스님이 나를 쳐다보았다.

"그럼 네가 박정운의 아들..."

"예..."

마주친 스님 눈빛이 아빠와 닮았다. 깊고 부드러우면서 어딘가 모르게 슬픔 가득한.

"아가... 잠깐 지나갈 증상이니 걱정 말아라."

스님은 나지막하게 말하면서 두 손바닥을 겹쳐 아빠의 가슴을 힘껏 쓸어내리고 경직된 손가락을 한 개 한 개 반듯하게 펴주었다. 양말을 벗기고 아빠의 두 발을 가슴에 안은 스님은 발바닥을 문지르고 발가락도 하나하나 정성스럽게 펴고 쓰다듬었다.

"어쩌자고 이 먼 곳까지...!"

사무실 소파에 옮겨져 한참을 쉬고 난 아빠가 그제야 큰 숨을 몰아쉬며 눈을 떴다.

"헉!"

딸꾹질 같은 단발음을 낸 아빠 눈에서 눈물이 흐르기 시작했다. 그야말로 소리도 없이 물처럼 줄줄 흐르는 눈물이었다. 옷자락으로 눈물을 닦아주던 스님이 들썩이는 아빠의 어깨를 누르며 조용히 일어섰다.

"안으로 들어가서 간이침대에 좀 눕게 하세요."

한국인 자원봉사자가 아빠와 나를 사무실 안쪽 방으로 안내해 주었다.

그동안 머릿속을 어지럽히던 의문이 라다크에 와서 차차 풀리는 듯하다.

이 험준한 오지까지 아빠를 이끌어온 힘을 알 것 같다.

내 나이를 나보다 더 힘겹게 건너온 아빠를 생각하니 이제야 내 가슴이 아려왔다. 그래서 아빠가 무슨 일을 하셔도 이해해 줘야 한다고 마음먹었다.

한 번도 캐묻거나 질책하지 않고 나를 온전히 끌어안아 주신 분들

덕분에 내가 평안해진 것처럼, 얼어버린 가슴엔 따뜻한 가슴만이 약일 테니 말이다.

나는 예정대로 돌아가고 아빠는 사흘만 더 있다 오기로 했다.

델리 공항까지만 가면 우리 팀 모두 한 비행기를 탈 거니까 걱정할 게 없었다. 일정이 달라진 뒤에도 계속 소식을 나누었기 때문에 남희 누나가 우리 사정을 잘 알고 있었다.

"호호, 걱정 마! 이 꽃띠 누나의 오지랖이 하늘도 덮게 생겼는데, 선재 하나쯤은 담요로 돌돌 말아서 메고 다녀도 돼."

역시 유쾌한 누나다.

자꾸만 내 눈치를 보며 머뭇거리는 아빠한테 내가 먼저 말했다.

"남희 누나와 약속했어요. 아빠한테는 힐링의 시간을 좀 더 주고, 누나가 우리 집 현관까지 저를 딜리버리해 주겠대요. 제가 어리버리한 애라서 안전하게 딜리버리... 히힛!"

온갖 생각이 비구름처럼 모여 있을 아빠 마음을 달래려고 일부러 명랑하게 웃어 보였다.

"고맙구나...!"

아빠가 마음 놓이는 듯 내 어깨를 두드리는데, 어쩐지 내 귀에는 '다 컸구나...'라고 들렸다.

여행지에서 만나는 이들의 우정이 의리 있다던 아빠 말은 남희 누나로 확인이 된 셈이다.

라다크에서 계속 먹통이던 휴대폰은 호텔 로비에 와서야 통화가 가능해졌다.

"엄마, 저만 먼저 가고 아빠는 며칠 더 있다 오시는 거... 아빠한테 들었지요? 저와 함께 간다고 해도 더 있다 오라고 밀어내고 싶은... 상황이 좀 그래서요."

"오냐, 울 아들! 엄마가 그 정도 예상 못 했겠니. 큰 가방 안쪽의 지퍼 열면 비상물품이랑 스님께 드릴 작은 선물 따로 싸 넣었느니라."

"앗, 역시 엄마!"

언제나 그랬던 것처럼 아빠에게 엄마는 인생 최고의 응원군이다. 그런 엄마가 새삼 놀랍고 고마웠다.

아빠를 두고 나 먼저 떠나오기로 한 날, 청라스님이 나를 오래 안아 주셨다.

"관세음보살! 세상 귀한 우리 아가..."

아련한 향냄새, 바람 냄새, 풀냄새가 났다. 나는 가만히 그 품을 밀어내고 빠져나왔다.

무엇보다 시시각각 얼굴이 편안해지는 아빠가 다행이다. 그윽한 표정으로 청라스님 곁에서 여러 자원봉사자 중 한 명인 것처럼 일하는 아빠...

묵은 감정과 그리움 털어내고 아빠가 곧 돌아오실 걸 믿는다.

"케케묵은 갈증 좀 풀리셨수? 보고 싶으면 또 가서 보면 되지, 뭐!"

엄마는 출장길에 옆 동네로 빠져 며칠 더 놀다 온 남편을 맞이하듯 가볍게 눈 한번 흘기고 말 게 뻔하다. 어쩌면 어깨도 한번 툭툭 두드려 주실지도 모르겠다. 그럼 아빠는 또 변명도 없이 씨익 웃고 말겠지.

생각을 간추리다 보니 좁은 소견 하나로 죽을 것처럼 고민한 날들이 문득 부끄러웠다. 라다크에 와서 며칠 동안 내가 성큼 자란 기분이다.

한때 원망했던 엄마, 그래도 엄마의 밝은 소통이 온 가족을 이끌고 온 원동력이라는 걸 비로소 알겠다.

엄마를 닮아 더 밝은 혜지 누나, 외로운 내색 안 보이려고 쉼 없이 움직이는 뒷모습이 더 쓸쓸한 할아버지, 정성을 다해 산다는 게 무언지 고스란히 보여주고 떠나신 옥란 할머니...

길마마의 투박하고 정겹던 말투와 이우학교 친구들... 짧게라도 인연 맺은 얼굴들이 하나씩 떠올랐다.

한때 죽도록 미웠던 얼굴이 떠올라도 이젠 그저 그렇다. 어제는 지나갔으니 없고 내일은 아직 오지 않았으니 없고, 오직 지금 여기에 내가 있을 뿐이다.

라다크에 온 둘째 날, 은하수 흐르는 밤하늘을 올려다보며 남희 누나와 이어폰을 한쪽씩 나눠 끼고 들었던 밥딜런의 노래가 고스란히 기억난다.

얼마나 많은 세월이 흘러야 산들은 씻겨서 바다로 내려갈까

얼마나 많은 세월이 흘러야 사람들은 바다로 내려갈까

얼마나 많은 세월이 흘러야 사람들은 자유를 얻게 될까

얼마나 많이 외면한 후에야 사람들은 보이는 것을 못 본 척하지 않을까

들어보게, 친구여 바람이 하는 대답을…

사람의 인연이란 뭘까.

때맞춰 밥은 먹었느냐고, 어디 아픈 데는 없느냐고, 어느새 봄이 왔다고, 네가 좋아하는 늦가을이라고… 늘 뒤풀이되는 일상을 궁금해하고 물어봐 주는, 정다운 벗을 우리는 몇이나 두고 살아가는 것일까.

살다 지쳐 아무 때나 찾아가도 '왜 왔냐, 힘겨우냐' 묻지도 않고 두 팔 벌려 안아줄 사람이 있기나 할까. 보고 살거나 못 보고 살거나 한평생 마음속에 간직하고 있다면 그것도 사랑일까.

이미 이승을 떠나버려 다시는 볼 수도 만질 수도 없는 슬픔과 간절한 그리움은 무엇으로 해결이 될까. 같은 하늘을 이고 살면서도 만날 수 없는 한평생 그리운 이와, 다음 생에는 손잡고 살 수 있을까.

아, 그립고 그립다. 그 생각을 하면 나는 왜 자꾸만 눈물이 날까.